無間《むげん》の鐘《かね》

高瀬乃一《たかせのいち》

KODANSHA

無間《むげん》の鐘《かね》

高瀬《たかせ》乃一《のいち》

目次

装幀　芦澤泰偉
装画　朝江丸

無間の鐘
むげんのかね
高瀬乃一
たかせのいち

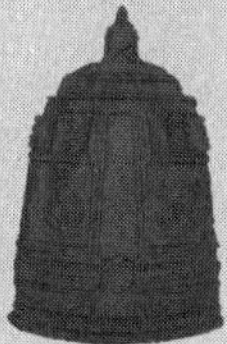

親孝行の瞳

身をもちくずす瞬間というのは、必ずきっかけがあるもので。どこが分岐点だったかなんぞ、トンと覚えていないとみな言いますな。あれがそうだったのかと思い返しても、すでに後の祭りでございます。

京橋《きょうばし》の金貸しとして道楽を尽くした権蔵《ごんぞう》も、あのとき私に話しかけなければ、もうすこし真っ当な人として生を終えることができたでしょうに。あれはどこにでもいる金好き女好きで、呼び止められたときは、つまらん男に引っかかったと気が滅入《めい》ったもんですよ。

ああ、私ですか？　この通り見映えがようございますからねえ、芝居の役者とでも思いなすったか？　柿衣《かきごろも》に八目草鞋《やつめわらんじ》。首から結袈裟《ゆいげさ》をかけ、手甲《てっこう》で覆われた手には錫杖《しゃくじょう》がジャラと鳴る。修験者《しゅげんじゃ》の扮装《なり》でございます。霊験《れいげん》あらたかなる八葉《はちよう》の峰《みね》と呼ばれる高野山《こうやさん》には、数え切れぬほど登りました。

いえ仲間などおりません。ずうっとひとりでございますよ。だって煩わしくございましょう？　歩幅も違えば、見たい景色も人それぞれでございますし。その点ひとりなら気ままにあっちへ行こうか戻ろうかと、長旅を楽しめますから。たまに知人に会うこともございますよ。でもなかなかいっしょに旅することはできませんねえ。

そうやって好き勝手に放浪しておりましたら、この岬の小屋に迷いこんでしまったのでございます。春の嵐にはまいりました。みなさんもどこかで迷われなすったか？　は？　廻船《かいせん》が難破したと。それは災難でございました。ではみなさまは水主《かこ》を生業《なりわい》としておられる。ははあ、それでみなさん膂力《りょりょく》がみなぎる体格で。初めにここに入ったとき、山賊の隠れ家にでも迷いこんでしまったかと冷や汗をかいたのでございます。山ではなく、海の賊……いえ、船乗りの方々でございましたか。じっとしているのは性に合わない？　でもしかたありませんね。救助が参るまでの辛抱でございます。

旅をしていると、こんなおかしなところに紛れこんでしまうこともあるものです。これもなにかの因業でしょうか。風雨がおさまるまで、私の話を聞いてくださいな。

ああ、権蔵とやらは何者かって？　あれはほんにがめつい金貸しでして。もしも借金が返せなければ、米一粒まで根こそぎ持っていってしまうのです。江戸《えど》の京橋あたりではちょいと名の知られた男でございました。悪名というものですがね。私は権蔵と話すうちに「ああ、これは撞《つ》く男だ」と思いまして、こう訊《たず》ねたんですよ。

「無間《むげん》の鐘」を撞くかね、と。

すると権蔵は迷うことなく飛びついてまいりました。いやあ、驚きましたよ。だって、どれほどの悪人でも、来世は無間地獄《むげんじごく》へ堕《お》ちると知れば戸惑いますからねえ。しかもおのれの血を引いた子まで地獄へ堕ちるなぞ、たいていの者はしりごみするもんですよ。

おや、みなさん「無間の鐘」をご存じない。なんとも性根が健やかでいらっしゃる。真っ当な人間は、そんなものに興味は持ちませんからな。

遠州《えんしゅう》小夜《さよ》の中山《なかやま》の観音寺《かんのんじ》の梵鐘《ぼんしょう》ですよ。その鐘の音を聞いた者は、絶叫のようだと震えます。時に女の囁《ささや》きに似ていると喜ぶ者や、死んだ母親の声だったと懐かしむ者もおりますが、たいていは古びた鐘の響きにすぎません。

——来世で無間地獄へ堕ちてもよいなら、現世は富貴に恵まれる。構わないなら鐘を打て。

そう囁かれて戸惑うことなく撞木《しゅもく》を振れる者は、どれほどおりましょうか。

死んだあとの生など関心はないと思う者とて、ちょっと待てとおのれに問いますわな。

本当に撞いて悔いはないか、と。

徳川《とくがわ》の治世となり、どれほど時がたったか。あれ、まだ二百五十年ほどでございますか。三河《みかわ》の泣き虫の田舎侍が都をこしらえたのは、つい昨日のことのように思えます。

観音寺には欲深い信者が列をなし、鐘の音は朝から晩まで際限なく鳴り続けたのでございます。あまりにごんごんとうるさいので、嫌気がさした寺の住職は、鐘を井戸の奥深くに沈めてしまいました。

ええ、どんな願いでも構いませんよ。大金持ちになりたい、城の主《あるじ》になりたい、当代一の花魁《おいらん》になりたい……人を殺《あや》めた罪を消したい……。

人の欲はごまんとございますなあ。おや、みなさんがた、どうしました。顔色が悪うございますよ。蠟燭《ろうそく》の灯《あか》りでもよくわかります。ああ、なるほど。空《す》きっ腹《ぱら》ですからね、そうですね、腹が減ってはね。

私の名ですか？　人別帳《にんべつちょう》に記されているわけではありませんので、呼び名でよろしいでしょうか？　十三の童の子、じゅうさんどうし、と申します。童《わらし》と言いながら、立派な大人でございます。

なぜ十三かって？　質問が多ございますねえ。いえいえ、十三屋（櫛屋《くしや》）とは関わりはありません。あれはよくできた語呂合わせでございますよね。「くし」は「九四（苦死）」。それを避けるために、足して「十三屋」だなんて。

十三という数は、異国の信心では忌み数といわれているそうです。なんでしたかなあ。天上の神様は十二人でございますが、そこに十三人目の悪しき神が紛れこんだとか。あとは大きな声では言えませんが、切支丹《キリシタン》どもがあがめる主とやらを死に追いやった裏切り者《うらぎもの》が、十三と関わりのある者だったとかなんとか。おや、ここにいるみなさんの数は私をふくめ、ひい、ふう、みい……十三人でございますね。

ですがひと形を作って十四人にしておけば厄は払うことができましょう。災いってなんだって？　用心するに越したことはございませんよ。

おや、海風が強くなってまいりました。ほお、三日もこんな空模様で。魚を釣って食すこともできず、ひもじくて壁の漆喰《しっくい》も喰《く》ってしまわれましたか。あいにく食い物の手持ちはございません。あちこちで御慈悲をいただく身でございますから。あいすみません。もうしばらく私の話でひもじさを紛らわせませんか。すべて話し終えたころには、お天道様《てんとさま》も照って家に帰れると思いますので。

さてと、なんの話をしておりましたか。

哀れな心太《しんた》の話でしたか？　金貸し権蔵？　おや、どこで頭がこんがらがったのか。金貸しの権蔵ですね。あれはとにかく金と女にふりまわされた一生でございました。とはいえ当人が望んだことでございますれば、地獄へ堕ちたとしても本望でございましょう。

え？　ここから先の話を聞くのが怖い？　まあまあ、案外地獄ってのは身近にあるものです。みなさんも前もって知っていれば、いざというときの心構えになりますでしょう。

そういえば観音寺の住職が、鐘を撞こうとする者に「無間地獄は怖くないのか」と、問うたことがあったそうです。するとその者はこう申しました。

「地獄は自業苦。

人をうらやむことに疲れた。

いまのおのれが地獄である」

と。

一

パンヤの括《くく》り枕が勢いよく飛んできて、権蔵のあごに命中した。金魚鉢を投げつけられなくてよかったと安堵《あんど》した直後、書見台に立てかけられていた三味線で、したたかに頭を殴られる。

「聞いたでありんすよ、ぬしゃあ、なんともあちきを焦《じ》らすいけずな若さんと思っておりやんしたが、ただの文無しとは。とっとと出ていきなんし！」

「身請けの話が頓挫したのは、あたしのせいじゃないよ。まじめ一辺倒の兄さんが横やり入れて、親父様《おやじ》の巾着の紐《ひも》が固くなっちまったのさ」

せめて嶋喜《しまき》の好物をと、音羽町《おとわちょう》の鹿子餅《かのこもち》を持ってきたよと差し出したが、ベンガラ格子から表に投げ捨てられた。さすがに我慢できず、嶋喜に手を上げそうになったが、赤く染まった鋭い眼《め》つきを前に怖気《おじけ》づいた。

吉原五丁町《よしわらごちょうまち》の中でも、江戸町《えどちょう》一丁目の大見世《おおみせ》「笹浦《ささうら》」といえば、最高級の妓楼《ぎろう》である。座敷持《もち》花魁の嶋喜は気位が高く、気に入らない客は一晩でも放っておくような高慢な女だ。権蔵は十五で伯父に連れられて吉原の大門《おおもん》をくぐり、嶋喜から手ほどきを受けた。以来、金に糸目をつけず笹浦に通った。今日は十両。明日は二十両。羽振りのよい若旦那に頭《こうべ》を垂れぬ妓楼はない。節句の紋日《もんび》に一軒まるごと貸し切る惣仕舞《そうじまい》では、一枚一分になる紙花《かみばな》をこれでもかとばらまき、一晩中歌い明かした。そんな日はおのれが江戸の町に灯りをともしてやっているような、天下人になった気になれたし、実際にそうであったと思っている。

嶋喜を身請けしようと思ったのも、金で花魁を買うという最高の贅沢《ぜいたく》を味わうためだった。

そう心づもりした矢先、権蔵は勘当されて一文無しになってしまった。

――縁を切ったよ、権蔵。お前とはもう他人だ。

権蔵の父、廻船問屋大黒屋平右衛門《だいこくやへいえもん》に、賭場へ五百両ばかしつぎ込んだのがばれてしまった。兄の長介《ちょうすけ》は、死んだ母によく似た柔和な容貌だが、性格は父と瓜ふたつの糞《くそ》が付くほどまじめな男だった。権蔵が番頭にあたまを下げて用立ててもらっていた金子《きんす》を、すべて帳面にしたためていた。そこへ持ってきて、身請けの話などもちかけたから、とうとう平右衛門の堪忍袋の緒が切れたのだ。

勘当を告げられたとき、権蔵は宿酔《しゅくすい》で頭が回らず、夢だと思って二度寝した。目が覚めると、部屋の角に足袋《たび》と着物がひと揃《そろ》え風呂敷《ふろしき》に包まれ、縁切状《えんきりじょう》まで添えられていた。

「約束を守れない男は、さっさと地獄へ堕ちなんし」

嶋喜が呼びつけた男が、権蔵を見世の外に引きずっていく。

「ああ、お前さん見逃しておくれな」

いつも座敷で腰を引いてもみ手をし、権蔵に駄賃をせびっていた床廻しの男だ。

「すっからぴんがなにか言ってらあ」

床廻しは薄ら笑いを浮かべながら、権蔵を用水桶《ようすいおけ》に放り投げ、後頭部を押しつけて水責めにする。息が詰まり浄土に逝きかけたが、そのたびに引っ張り出されて胸をどつかれ目を覚まし、また水責めにされた。しまいには小窓のくりぬかれた用水桶をかぶされて、一晩中晒《さら》しものになったのである。総籬《そうまがき》の奥から、女郎たちの笑い声が聞こえてきた。

（この屈辱は一生忘れねえぞ）

翌朝、地を這《は》って大門を出た権蔵は、その足で蔵前《くらまえ》の米市場へ出向いた。賭場仲間に大坂堂島《おおさかどうじま》の米市《こめいち》に出入りし、米投機で身代を築いた商人がいたのだ。無宿の権蔵は大坂まで行く路銀も用立てられない。天領から集めた米を収蔵する蔵前で、商機を待つことにした。

さて、当座はなんで銭を稼ぐか。日がな一日、河岸を歩き回っていると、米さしの竹筒からこぼれ落ちる「筒落米《つつおごめ》」を拾い集め銭に換える老婆を見かけた。あれなら元手はかからない。権蔵も米を指で摘まんで巾着に集めはじめた。それを三年間朝から晩まで繰り返した。毎日決まった時刻に河岸に現れるので、蔵前の商人たちは権蔵を見て、いまは何刻だと知るのだった。

いつか、いつか、と辛抱強く金が湧くのを待ったが、一向に懐は温かくならない。それどころか、生活《たつき》に困り賭場に通ってさらに困窮した。

辛抱しきれず、金をせびりに実家の大黒屋の暖簾《のれん》をくぐった。口では勘当だと言いつつも、平右衛門は奔放な権蔵をかわいく思っているはずだ。頭を下げれば出店のひとつでも任せてもらえるかもしれない。

「あれ、若……権蔵さんではございませんか」

番頭が困惑したように帳場から駆けつけ、権蔵の背を押し表に追い出した。

「ねえ、あたしはちょいと悔いているんだよ。店の役に立ちたいとずうっと思っていたんだ。後生だから、おとっつぁんに取り次いでもらえないかね」

「大旦那様はもうお隠れあそばしました。ご存じなかったので？」

「いつのことだい！」

「三月《みつき》前でございます。いまは長介様が大黒屋の主でございます」

兄は好き放題やって大黒屋の身代を潰しかけた権蔵を許していない。その証《あかし》に平右衛門の死すら知らされなかったのだ。しばらく店の廻りをうろついていると、店に戻った番頭が駆け出してきて、懐紙に包んだ金を権蔵に押しつけた。

「旦那様からでございます。金輪際、大黒屋とは関わりなし、と」

手渡された五両は、実家からの手切れ金であった。

行く当てもなくなった権蔵は、久しぶりに吉原へ足をのばした。羅生門河岸《らしょうもんがし》の鉄砲見世で安い女郎を買い、かつて豪遊したころを懐かしむ。ふと、笹浦の嶋喜はどうしてるかと寝入りしなたずねると、女郎は甲高い声で笑った。

「どこかの旦那に入れあげ、若い新造と取り合いをしんしてなあ。ほら、嶋喜はあの気性でござりんしょう？　見事に男も座敷もなくしたでありんすよ」

盛りを過ぎた年増女郎を身請けしようなどという御仁は現れず、いまでは笹浦の番頭新造として女郎たちの世話をやいているという。

(勝手にしくじりやがって。あたしが引きずりおろしてやるつもりだったのに)

恨む者がいてこそ、文字通り這いつくばって生きてきた権蔵だ。やり場のない怒りはどうしたら消えるのか。

実家も仕事も家族もない権蔵が行き着いた先は、やはり賭場だった。鉄火場を立て寺銭を稼ぐ根津権現《ねづごんげん》近くの寺に、昔の遊び仲間が出入りしていた。頼みこんで胴元の手下になった権蔵は、ほどなくひとりの行者《ぎょうじゃ》と出会った。

「ありゃあ何モンだい」

「ここんところあちこちの鉄火場に出入りしちゃあ、大勝ちしていく客僧だ」

手下が言うには、ひと月ほど前江戸の盛り場に現れた新参者らしい。

年のころは権蔵と大差ない。狂言役者と見まごう目筋の切れあがったほれぼれする色男だ。権蔵が見る限り、ツボ振りが笊《ざる》を開けるたびに行者は喜色を浮かべていた。

あれは少々勝ちすぎだ。案の定、胴元の親分が手下どもに目配せしはじめた。行者は身の危うさを察したのか、

「そろそろ運も尽きそうです。ここいらで打ち止めにしましょうか」

と、笑いながら鉄火場から退散していった。権蔵は、自分が後始末をすると手下どもを押しとどめ、急ぎ駆けていって山門に向かう行者を呼び止めた。

「おめえ、どんな手を使った」

「手、とは？」

立ち止まった行者は、わざとらしく自分の手のひらを眺めている。

柿衣に八目草鞋。首から結袈裟をかけ、手甲で覆われた手には錫杖がジャラと鳴っていた。身丈は権蔵と並んで差異なく、面と向かうと行者の深緑の眼に吸いこまれそうになる。

あれほどの運があるのは、前もって金が落ちるよう、ツボ振りに手を回していたに違いない。そうでなければ賽子《さいころ》か。からくりがわかれば権蔵も運を手に入れることができる。米一粒を摘まんで集めた空《むな》しい過去や、宙ぶらりんになってしまった怒りや憎しみは、金が拭い去ってくれるはずだ。

「餓《かつ》えていますねえ」

ほくそ笑んだ行者は、ゆっくりと背の笈《おい》を下ろした。山門の柱の根元に座り、お前さんもどう

だいと煙管《キセル》を差し出す。雲龍彫りの見事な銀細工だ。この男が口を割らなければ、これを奪って売ればいい金になるだろう。

「お前のツキを買わせてくれ。倍にして返す」

食い下がるが、行者はのらりくらりとはぐらかす。権蔵は匕首《あいくち》を取り出し、行者を押し倒して馬乗りになった。白い首筋に刃《やいば》を立てる。ぷつりと皮が裂け、細い血の筋が流れ落ちた。

「私を殺めたら地獄へ堕ちますよ」

「地獄など怖いものか。おめえを見逃したら、あたしが親分に八つ裂きにされちまう」

「小さい男ですねえ。結局人の下で生きることを選ぶのですか？　だから地に落ちた米粒を集めることでしか、銭を貯《た》められないんですよ」

「なぜ知っている」

「そういう面相をしている。雀《すずめ》のように地べたをついばんできた、醜い面容だ」

かっとなった権蔵は、匕首を振りあげた。その時山門の脇で、カラスと猫が、鼠をうばいあい、けたたましく鳴き出した。気をとられたすきに、行者は身をよじり、ひょいとまたぐらから抜け出す。同時に錫杖が権蔵の手首を打ち、匕首がはじけ飛んだ。手を伸ばしたが、行者が拾いあげるのが一瞬早かった。

刺される、と身構えた権蔵だったが、行者の手には匕首ではなく、小さな鐘がぶら下がっていた。寺の釣り鐘をそのまま小柄にした代物だ。

「無間の鐘」

聞いたことがあるでしょう。行者が囁いた。

遠州の山寺にある、人の欲を叶《かな》えてくれる鐘を「無間の鐘」という。すでに寺に鐘はないが、いまも地の底から人の欲を聞き届けた鐘が鳴り響いているとか。

「その寺の鐘を撞けば、この世で富貴を手に入れることができるのです。しかし来世は無間地獄へ堕ちまする」

「坊主の考えそうな金儲《かねもう》けだ。それで布施を集めているのだな」

権蔵が笑うと、行者もつられてほくそ笑んだ。小さな鐘を目の高さにかかげ、音を鳴らす撞木を権蔵に差し出してくる。

「この鐘は、観音寺の無間の鐘そのもの。鳴らせば江戸一の富を手に入れることができるでしょう」

ただし、と声を忍ばせた。

「あなたの来世が無に帰すだけではありません。撞いた者の子もまた、責めを負うのです。地獄のような今生を生きることになると承知してくださいな」

「歌舞伎の一幕にありそうな筋書きだ」

盆のくぼ（うなじ）の内側に虫でも這うような、ざわりとした恐ろしさが襲ってきた。

「もしかして、身内の不幸が怖いのですか？」

頭の中まで見透かすような眼と声に鳥肌が立った。

「あほらしい。そんな話信じられるかい」

鉄火場へ戻ろうとする権蔵に、行者が「ちょうちょうはんちょうちょう」と呟《つぶや》いた。はじめはなんのことかわからなかったが、場に腰を下ろしたときはっと気づいた。

「丁」に賭けた。ひとり勝ちだった。次も丁、大当たりだ。「半」、間違いない。あとは「丁」「丁」……。

権蔵は寺を飛び出した。不忍池《しのばずのいけ》近くの池之端《いけのはた》まで駆け、酔いどれて歩く職人たちに行者の行方をたずねた。指さす裏路地に入ると、奥から乾いた錫杖の音が聞こえた。あたりは陽が落ち、芋酒屋《いもざかや》の軒行灯《のきあんどん》がぼんやりと揺れている。その脇に行者が立っていた。追ってくることなど承知ずくとばかりに、権蔵の来た辻《つじ》をじっと見つめていた。

「鐘を撞けば、かならず願いが叶うんだな」

「あなたは来世に無間地獄へ堕ち、子は今生で地獄に堕ちまする」

「そんなの構わねえ」

死んだあとのことは知ったこっちゃない。妻も子もいない。

行者は懐に手を差しこみ、静かに青銅の鐘を引き出した。眼前にかかげられ、同時に丁の形をした撞木を手渡される。「いいのかい？」と、三度念を押された。構わねえ、早く打たせろと権蔵は叫んだ。

「あたしが通ればみながおそれおののくような金貸しにしてくれ。公方様《くぼうさま》も花魁も大商人《おおあきんど》も、みなが額突《ぬかず》くような当世一の金貸しだ」

権蔵は大きく息を吐くと、ジャンとひとつ鳴らした。

静まり返る路地裏の薄汚い板塀に目をやる。春の生暖かい風が、上野《うえの》の桜の花びらを運んできた。汗ばんだ脛《すね》に張りつき気持ちが悪い。行者が闇夜を見あげた。風がふっと止《や》んだ。それを除けば、あたりはなにも変わりはしない。権蔵も天を仰いでみるが、星が変わらず瞬いているだけだ。

自分の体を探ってみても、紙入れが太くなった気配はなかった。

「……騙《だま》しやがったな」

「まさか。私は嘘がなによりも嫌いでございます」

凪《な》いでいた風が唐突に地表から舞いあがった。顔に砂が叩《たた》きつけられ、かかげた提灯《ちょうちん》が手から落ちて足元で燃えあがった。そこに花弁が舞いさらに大きな火花になって、あたりの店から水桶を持った人々が駆けつける。燃えあがる焔《ほのお》の向こうに十三童子《じゅうさんどうし》が吸いこまれていく。そう見えただけだが、本当に燃え盛る地獄へ去っていくようでぞっとした。

しばらく立ち尽くしていた権蔵は、どうやら山の天狗《てんぐ》にでも化かされたのかもしれないと、燃える火をしばらく見つめていた。

二

無間の鐘を撞いて一年がたった。権蔵はそこいらの職人より汗水垂らして江戸の町を駆けまわっていた。元銭がさほどかからない「百一文」の銭貸しをはじめたのだ。

権蔵の客の大半は、天秤棒《てんびんぼう》を担いで町を歩く振り売り連中だ。この「振り売り」という稼業は、上手《うま》くいけば一日に千文ばかりは稼ぎが入る。そこから翌日の仕入れ代、日々の暮らしの家計《かかり》となる味噌《みそ》米代や日割りの店賃《たなちん》を除けば、手元には百文残るかどうか。晩酌で二合半《こなから》にありつければ御の字という暮らしだから、雨や病で仕事に出られないと、手元不如意となり商売ができなくなってしまう。そんなときに重宝したのが、権蔵のような貧乏人相手の金貸しだった。朝に七百文借りたら、夜烏《よがらす》が鳴くころ七百七文にして銭貸しに返せばよい。

権蔵は身元が不確かでも、無宿者でも仏の顔で銭を貸す。その代わり取り立ては苛烈を極めた。権蔵から逃げようものなら、畳の裏までひっくり返して、味噌の底に隠した銭まで取っていく。娘の簪《かんざし》、老婆の腰巻、病人の褌《ふんどし》まで取りあげ、土間に落ちている米一粒すら摘まんで取っていくから、いつしか権蔵は、「筒落米の銭ゴン」と恐れられる債鬼になっていた。

権蔵が銭貸しをはじめて五年目の重陽《ちょうよう》の節句のころである。取り立てで三十間堀《さんじっけんぼり》五丁目の裏長屋に立ち寄った。まだ陽《ひ》は高く、職人や棒手振《ぼてふ》りが帰るには時が早い。泥だらけの子どもたちが「銭ゴン、銭ゴン」とまとわりつくからしっしっと追い払う。戸板に張りつけた手拭を片づけている女房が、おやと作業の手を止めた。

「そこの親孝行なら、午前《ひるまえ》にどっかの銭貸しが引きずっていっちまったよ」

ここに暮らす父娘《おやこ》は奇妙な商売をしている。父親が張りぼて人形を背負い、六、七歳の娘の手を引いて「親孝行でございます」と京橋あたりを練り歩くのだ。この商売に仕入れ代は必要ない。それなのに日を置かず父親は銭を借りに来る。夕刻取り立てに出向くと父親は不在で、しかたなく翌朝返せと娘に伝言を残した。

すると翌朝、父親は別の銭貸しで百一文借りてきて、その足で権蔵の店を訪れ、新たに二百文借りていく。夕がた権蔵が裏長屋に出向くとやはり父親はおらず、翌朝うすら笑いを浮かべながら店を訪れ、ひたすら謝ったのち二百二文返して三百文借りる。こうして「親孝行」の借金は十両に膨れ上がっていた。

部屋に押し入ると、擦り切れた畳の上で眠る娘と、張りぼての老婆だけが残されていた。泣きつかれたのか、娘は赤子のように指をしゃぶって寝息を立てている。もう片方の手は、張りぼての髪の毛代わりの麻縄を摑《つか》んでいた。

権蔵は娘の顔をのぞき見た。父親の顔はのっぺりした面白みのないものだったが、娘はよくよく見れば、しごく整った顔つきである。額は富士額《ふじびたい》で、唇は紅をさしたように血色がいい。

これは高く売れる。女郎屋に身売りすれば、父親の借金を帳消しするくらいにはなりそうだ。いや、それでは一度こっきり金が手に入って終《しま》いである。どうしたらこの娘で大きな金を作れるか。しばらくあぐらをかいて思案していると、娘の瞼《まぶた》がぴくりと動いた。目脂《めやに》でなかなか開かずぐずりだす。

「おうおう、ちょいと待ちな」

権蔵は指先を舐《な》め、娘の目をぐいと拭った。ゆっくりと身を起こした娘は、権蔵をぼんやり見つめていた。

「おっと、泣くんじゃねえぞ」

権蔵は女も寄りつかないほどひどい痘痕《あばた》があり、近ごろはますます人相が悪くなっていた。ふた親はどちらもさっぱりした顔立ちだったのに、権蔵は鬼瓦のような面容なのだ。実家の大黒屋では、権蔵はもらわれっ子だなどと、陰口をたたく者がいたほどだ。

娘はぐっと泣くのをこらえ、目をしばたたかせた。

「おとうちゃんは？」

「あー……ちいと遠くへ行っちまった。おめえ、世話してくれるものはおるのか？」

娘は権蔵の言葉の意味がわからないのか、狭い部屋を駆けまわり父の名を呼ぶ。父親と並んで歩いているときはしっかり者に見えたが、やはりまだ父が恋しい年ごろなのだ。

なぜか権蔵は、脇腹あたりがじくじくと痛むのを感じた。娘を捕まえ抱きかかえると痛みは消えて、妙にくすぐったい、じんわりしたものだけが胸に残った。あったかくて、汗の酸っぱい匂いがして、花魁の胸に身を埋めているときとはまた違ったぬくもりだ。

「しばらくうちに来るか？　そのうち親父が銭を返しに来るかもしれねえ」

泣きやんだ娘の手を引いて表へ出ようとしたとき、権蔵は布団の横に富札が落ちているのに気がついた。先日回向院《えこういん》の庫裡《くり》が火事にあい、普請のための富くじが行われると耳にした。こんなものを買うくらいならうちの借金を返しやがれと舌打ちし、それを懐にねじこんだ。

「母上さま」

娘は部屋に駆けもどると、布団に横たわる張りぼてに抱きついた。ここで泣かれたら面倒だ。持って帰り燃やせばよいかと、人形も抱える。

「お前さん、名はあるのか？」

「キリ。これは、母上。おとうちゃんの母上だけど、キリの母上なの」

「わかっとる。キリ、これからあたしがおとうちゃんだ」

「張りぼて？」

「張りぼてじゃねえよ。血肉は通ってらあ」

娘の手を引き歩く道すがら、これを娘にすれば血のつながりはないから、地獄を見ることもなくよいのではないか、と思った。

（なぜあたしは安堵しているのかね。こんなちんちくりんな娘が地獄を見ようが構わないというに）

暮れかけた町を誰かと連れ立って歩くなど、幼いころ母親と根津権現へ参詣に出向いて以来だ。

（おや、この町はこんなに綺麗《きれい》だったかね）

小さな紅葉のようなキリの手は汗ばんでいて、権蔵のごつごつした手に吸いついてくる。キリとつなぐ手のひらだけに生身の温かさを感じた。鐘の利益などなくとも、心が豊かになればいいのかもしれない。細々と職人や振り売りに銭を貸し、微々たる利を得てキリを食わせていく生き方もいいではないか。

遠くで日暮れの梵鐘が鳴っていた。これほど江戸の町に響く音を美しく感じたことはない。そうだ、キリの寝間着を買ってやらねば。そう権蔵は思いながら、秋色に染まりはじめた楓川《かえでがわ》沿いをゆっくり歩いて家路についた。

富くじが大当たりし三百両を手に入れたのは、二日後のことだった。

三

「お前さん、またキリが男から付文《つけぶみ》を貰《もら》ったそうで、おていが追い払ったそうですよ」

書見台に向かう権蔵に声を荒らげるのは、女房の衣玖《いく》である。権蔵の膝には四つになったばかりの長子、利一郎《りいちろう》が乗っていて、母の形相に驚き権蔵の腹に抱きついてきた。

「お前さんはあいかわらず声がでかいねえ。利一郎がおっかながっているよ」

わざと利一郎の耳に手を当ててみせると、衣玖がますます目じりを吊《つ》り上《あ》げ、畳をパンと叩いた。

「仮にもあれは大店《おおだな》の娘。キリがはしたなく出歩けば、梵鐘屋の名に傷がつきます」

「たしかに、あれほど綺麗な娘なら、かどわかしにあうかもしれん。よおく言い聞かせておくよ」

とはいえ、権蔵はキリの美しさを世間様に自慢したくてしかたない。

先月の花見など、店の者総出で寛永寺《かんえいじ》に出かけたときは痛快だった。花見客は桜ではなくキリに見惚《みほ》れ、どこの天女が落ちてきたのかと驚き、それが京橋の債鬼、金貸し権蔵の娘だと知り、二度驚くのだ。

——あれは谷中《やなか》の笠森《かさもり》お仙《せん》より別嬪《べっぴん》だからね。勘定すると、お仙が死んだあとキリは生まれたんだ。生まれ変わりかもしれないねえ。養父としても鼻が高いってものさ。

しかし、十七歳になったキリの愛くるしさは、衣玖には瘤《こぶ》のように目障りらしかった。五年前、衣玖が梵鐘屋に嫁いできたとき、キリは養女になって五年目。十二歳だった。美人絵で評判だった町絵師鳥居清長《とりいきよなが》の描く愛くるしい娘が、そのまま錦絵から飛び出したかのような華やかさがある。婚礼の席では、白無垢《しろむく》の衣玖よりも、末席に座る権蔵の養女にみな目を奪われていた。以来、衣玖はキリのことを毛嫌いしている。

「そろそろキリの婿どりなど言っておりましたが、あれは他所《よそ》へやればよろしい。もともと返済金代わりに引き取った娘なのですからね」

(やれやれ、どの口が言うのか)

もとは衣玖も売られてきたようなものである。

権蔵が吉原の見世から身請けした衣玖の源氏名は、嶋喜といった。あの吉原の大見世「笹浦」の花魁嶋喜である。それもかつての栄光であり、権蔵が身請けしたときは、客をとらぬ番頭新造として日陰暮らしを余儀なくされていた。

(廓《くるわ》の内ではあだな声だと心底惚《ほ》れぬいたが、娑婆《しゃば》に出りゃあ一炊の夢も覚めて、ただの金切り声でまいっちまう)

衣玖は毎日同じことを一言一句違《たが》えることなく夫に吐き出す。キリのことは納得の上でいっしょになったというのに、キリのやることなすこと腹が立ってしかたないらしい。

権蔵は膝の上に小さく座る利一郎に、橙《だいだい》色の干し柿を見せた。甘い匂いが鼻をつく。喜ぶ利一郎の笑顔を見ると、脇腹の奥が痛んでしかたない。その痛みを消すには、ぎゅっと抱きしめて息子の温かさと息遣いを間近で感じるしかないのだ。

「まさか、キリに店を任せるなんて考えておらぬでしょうなあ。あれはだめですよ。いまはただ若さでちやほやされているだけ。年増になれば誰も見向きもしなくなる」

衣玖は自分が吉原で受けた仕打ちをいまだに忘れず、若い娘のこととなれば悋気《りんき》が激しくなるのだ。

「案ずるな、この梵鐘屋は利一郎のもんだ。この子のために、なにがあっても、たいていのことでは潰れない身代をこしらえたんだよ」

「ねえお前さん。さっさとキリを片づけて、うちから追い出してくださいな」

「なんてひどい言いようだよ。仮にもあれはあたしとあんたの子だよ」

「近ごろ奉公人らが、なんと申しておるか知っていますか。あれに婿をとらせて店を継いでもらいたいなどと、利一郎をないがしろにするようなことを平気で言いよる。私が吉原の女郎だったから血が悪いなどと、陰でこそこそ笑っておる。ああ、悔しい。せめてキリを母屋から追い出して、離れにでも押しこんでくだされ」

そんなひどいことはできないと一度は断ったが、利一郎と家を出ていくと泣かれたら是と言わざるを得ない。結局衣玖に押し切られ、キリを離れ座敷に押しこめることになってしまった。大店にとって惣領《そうりょう》息子が第一なのは、権蔵もよく心得ている。

離れに移されて不安そうなキリを前に、権蔵は「別嬪なお前が、人さらいにかどわかされないか心配なのだ」と、本音と嘘《うそ》をないまぜにして伝えたのである。キリは承知してくれたが、心ばえの健やかな娘である。衣玖に疎まれていることを察して身を引いてくれたのだろう。

「お前は本当に親孝行な娘だよ」

権蔵は心からそう思った。

権蔵が店の帳場に入ると、朝から振り売りや小商《こあきな》いの主がやってきて、当座の銭を借りていく。いまや梵鐘屋は、大店や武家相手の金貸しで繁盛する両替商だが、小銭を貯めることにも手を抜かない。

十年前、富くじが大当たりした。それを元手に京橋の表通りに出店を構え、屋号を「梵鐘屋」と改めた。商いが軌道に乗ったのは、武家相手の金貸しをはじめたからだ。

武家は物を作らず商売もしないので儲《もう》けることができない。祖先の勲功と由緒のみで家禄《かろく》が決まっている。旗本御家人衆は、家人の給金や親類縁者への祝儀、儀礼行事など出費が多く、禄だけでは賄えないのが現状だった。たいていは武家同士で頼母子講《たのもしこう》を作り金を融通しあっている。

その利子が一割八分と知った権蔵は、ならばうちは一割四分でよいと引き札を出したのだ。

すると講から見切りをつけられた武家が梵鐘屋に押し寄せ、地獄に仏とありがたがられた。店の名は一気に江戸中に広まったのである。

同じ生業をする者は、武家相手の金貸しは損だと言う。斬り捨て御免がまかり通る世の中だ。

借金を踏み倒されたら店が立ち行かなくなってしまう。

だが、権蔵は富くじに当たった男。仏の御加護がある。約定を違えば罰が当たると脅せば、生真面目な侍は踏み倒すことができないのだ。

身代はますます太ったが、貧乏人相手の烏金《からすがね》の貸付も手を抜かず続けていた。

この日も暮七つの鐘が鳴るのを待ち、権蔵は取り立てに出かけた。侍が頭を下げるほどの商人になったいまでも、権蔵は自らの足で裏長屋を練り歩く。すると「銭ゴンが来やがった」とみなが一目散に逃げていく。それが面白くてしかたない。

「百一文は店の利になりません。そろそろ見切りをつけちゃあいかがでしょうか」

巾着に詰めた小銭を手に店に戻ると、番頭がおそるおそる質《ただ》してきた。世間では梵鐘屋の世知辛さに鼻白む者も多い。

「銭は銭。これがなけりゃあ、金も銀も動かねえ」

蔵前で拾い続けた米粒と同じだ。拾い集めて金にする。金の渦は小さなものもあれば大きなものもある。それらが重なり合って、大きな金の川になるのだ。澱《よど》ませてはならない。いかに貧しい連中の銭でも、回し続けるのが自分の仕事だと自負していた。

奉公人からも債鬼と恐れられる権蔵だが、家では打って変わり子煩悩の中年男だ。養女のキリとて目に入れても痛くないほどかわいがり、利一郎にいたっては、菓子を食べる姿を見るだけで涙がこぼれそうになる。

もともと子どもは苦手だった。いきなり七歳の娘の父になったときは、相当心を砕いたものだ。

キリも権蔵に引き取られた当初は、逃げた父を恋しがって泣いていた。鬱陶《うっとう》しさに放り出したくなったが、飯を頬張る姿を見るとあと少し面倒を見てやろうかと心変わりするのだ。子守を雇う金もなかったので、朝から晩までキリをそばに置き算盤《そろばん》をはじくようになると、すっかり権蔵に懐いて、張りぼての母といっしょに寝ることはなくなった。

やがてキリは権蔵の代わりに味噌汁をこしらえ、豆腐も手のひらで器用に切れるようになった。物覚えもよく、手習い所ではすぐにイロハをそらんじて、算盤もめきめきと上達していた。もしキリが男だったら、算勘の才を生かして出店のひとつでもまかせるところだが、金と欲にまみれた金貸しにするのは忍びない。娘でよかった。血のつながりがなくてよかったと、成長するキリを眺めながら感じていた。

店が繁盛すると、再び吉原の大見世に登楼できるようになった。血反吐《ちへど》を吐いて大門を出てから十年以上たっていた。

「笹浦」の番頭新造に格下げされた嶋喜は、権蔵が現れるなり駆け出してきて、「あの大黒屋の若様でござんしたら、必ず大成してまいると信じていたでありんす」と縋《すが》ってきたのである。

「待っておりんしたよ。ずうっと、待っておりんした」

「嘘おっしゃい。あんたはあたしに枕を投げつけ水責めにしたんだよ」

そう怒鳴って張り倒してもよかった。だが嶋喜は権蔵が初めて知った極楽浄土だった。あの温かな、すべてを吸い取られるような喜びは、生涯忘れられない。この世の濃いも薄いも苦いも甘いも酸っぱいも、全部ひっくるめて教えてもらった女だ。男にしてもらった借りがある。

「鹿子餅ひと箱でうちに来るなら世話してやるよ」

こうして嶋喜こと衣玖は、権蔵の妻となったのである。

はじめの数ヵ月、衣玖は貞淑な妻を演じていたが、やがて代わり映えのない暮らしに飽き飽きしたのか、居丈高な態度をとるようになった。さらに厄介だったのが、子を欲しがったことだった。三十を越えた大年増に加えて、苦界で生きてきた割に体だけは丈夫な女だ。

とうとう三年前、利一郎が生まれた。

衣玖にはとうに愛情など欠片《かけら》もない。生まれる子にキリ以上の愛《いと》しさを感じられるとは思わなかった。なのに真っ赤な顔で産声《うぶごえ》をあげる我が子を見た瞬間、あふれかえる愛おしさに涙がこぼれたのである。

キリの手を握ったときの比ではなかった。それと同時に、頭の中で赤子の泣き声に似た鐘の音が響いていた。

——鐘を鳴らせば来世では無間地獄へ堕ちる。子もまた因業により今生で地獄に堕ちる。

ああ、と権蔵は頭を抱えた。自分はなんという愚かな契りを交わしてしまったのだろう。

「どうしようねえ、衣玖。あたしは若いころ、坊主と約束しちまったんだよ。子ができたら地獄へ堕ちるって！」

「なにを呆《ぼ》けたことを。私はこの子産むのに十分地獄をみましたよ」

後産で苦しむ衣玖に「だから男は呑気《のんき》でいい」と悪態をつかれた。

四

「梵鐘屋ぁ。近ごろお嬢を見ねえが息災かい?」

鋳掛《いかけ》屋の職人が金を受け取りながら、首を伸ばして奥をのぞき見している。

「さっさと追い出しな」

権蔵の指図を受けた手代《てだい》が鋳掛屋の首根を摑んで、帳場から引き離そうとした。鋳掛屋は、そういえばよお、と帳場に手をかけ表通りを指さした。

「店の前に怪しい男がうろついてたぜ」

「なんですって?」

声をあげたのは、番頭である。

「三光鼠《さんこうねずみ》などと申す盗賊団が、大店に押し込む事件が増えております。もしや、そいつらかもしれません」

「いや、そんなんじゃねえと思うぜ。えらく見目のいい男だった」

はたと権蔵は算盤の手を止めた。

「きっと女衒《ぜげん》がお嬢を狙ってんだ。そしたらおいらも銭っこ積んで、お嬢にお相手してもらえるかねえ」

権蔵は匕首を懐に忍ばせて店を飛び出した。が、表通りにも裏路地にも人影はなく、天水桶の上で猫が眠るだけであった。

無間の鐘の十三童子だ。狙いは利一郎に違いない。

すぐさま権蔵は口入屋《くちいれや》から腕の立つ浪人をふたり雇い、利一郎にぴたりと張りつかせた。座敷の前に巨軀《きょく》の男が仁王立ちするから、衣玖は疎ましがったが、権蔵は大事な妻と子を狙う盗賊から守るためだから辛抱してくれと説得した。キリの離れにも足しげく通い、おていにはキリのそばを決して離れぬよう言いふくめた。もらい子であっても、とばっちりを受けるかもしれない。

「そんなに心配なら、やはりキリは嫁にやればいいではないですか」

衣玖の嫌みは正鵠《せいこく》を射ていた。

都合のよい嫁ぎ先に心当たりがある。日本橋本町《にほんばしほんちょう》二丁目の薬種問屋「信濃屋《しなのや》」の主人は梵鐘屋の得意客だ。あちらこちらに妾《めかけ》を住まわせ、手当を工面するのに難儀していた。店の金に手を出さないのが妾を囲うため女房と交わした条件らしく、梵鐘屋が金の世話をしている。ここの惣領息子が二十歳で、キリと釣り合う年ごろだった。

「本音を言えば、お前を嫁になどやりたくないんだ」

権蔵は離れ座敷で生け花をするキリに、結納《ゆいのう》の支度が整ったことを伝えた。キリの赤い唇は瑞々《みずみず》しく、権蔵はうっとりと見つめた。キリはあやめの茎を断ちながら、少し考えこんだ風だったが「おとうちゃんがそう言うなら」と寂しそうにうなずいた。キリは権蔵のことを「おとうちゃん」と呼ぶ。衣玖はことあるごとに、キリの言葉使いをたしなめるが、この呼び名だけは変わらなかった。

「下町一の花嫁行列をこしらえてやるからな」

するとキリは権蔵に向かって居住まいをただした。

「おとうちゃんは身寄りのない私をここまで育ててくださった。張りぼて人形に縋る私をいつも楽しませてくださいました」

権蔵の側で算盤をはじくのを見ていただけなのに、キリはそれが幼いころ一番楽しかったという。

悲しそうに瞼《まぶた》を伏せるキリに、権蔵は駆け寄り肩を撫《な》でた。口ではっきりと告げたことはないが、利一郎に対する親心は、どうしたってキリに対するそれとは趣が違った。だからといって、キリへの愛情が冷めたわけではない。なにか違う感情が権蔵の胸の内を満たしていたが、それを口にするとキリがどこか遠くへ行ってしまいそうで、怖くなるのだ。

縁組みの話はとんとん拍子にまとまり、結納は年明けの春に決まった。年が改まると、キリは嫁ぎ先に馴染《なじ》むため、ひと足先に信濃屋で暮らすことになっていた。だが、権蔵は日が悪いとか、大名貸しした金が戻らず取り立てに往生しているなどと理由をつけて、娘を手放すときを先延ばしにしたのである。

「梵鐘屋さん、いったいどのような料簡《りょうけん》でございましょう」

上巳《じょうし》の節句が近づいたころ、とうとう両家を取り持った仲人《なこうど》が怒鳴りこんできた。帳場に置かれた長火鉢を挟んでにらみ合う。身を寄せるよう暖を取っていた権蔵は、崩れる炭に目を落とした。いっそのこと結納を取り消そうか。

そう思った矢先、母屋の奥から衣玖の悲鳴が聞こえてきた。血相を変えたおていが表店に飛び出してきて、権蔵の前に崩れるように倒れこんだのである。

「利一郎様が、池で！　利一郎様が！」

権蔵は、おていと仲人を押しのけ母屋に駆け出していた。築山をこしらえた庭に、不忍池を模した池がある。女中たちには、決して利一郎を近づけてはならないと言い聞かせていた。だが、五歳ともなればじっとしていない。万が一を考え池を埋める手配をしていたが、数日前から植木屋が出入りしていて、作業が先延ばしになっていた。

広縁に出た権蔵は、庭を横切り引き戸へ駆けていく下男を呼び止めた。

「利一郎は⁉」

「息をしておりやせん。お医者を呼びに行ってまいりやす！」

権蔵は、はやる心の臓を文字通り手で押さえながら飛び石を駆けた。池のそばで、ずぶ濡《ぬ》れの利一郎が衣玖に抱きかかえられている。

着物から泥水を滴らせるふたりの浪人を押しのけ、衣玖ごと利一郎を抱きかかえた。

「どうしてひとりっきりになんかしたんだい！」

利一郎の小さな唇は紫に変色していた。手足はぶらりと垂れ、ピクリとも動かない。衣玖が半狂乱で泣き叫び、利一郎の体をゆするが瞼は開かない。権蔵が利一郎を抱きよせ胸に耳をつけたが、鼓動はまったく聞こえなかった。

はたと、笹浦の床廻しから水責めを受けたときを思いだした。権蔵は息子を土の上に寝かせ、薄い小さな胸を両の手でぐっと押した。おていが「ひい」と引きつった悲鳴をあげる。

「お前さん、なにすんだい！」

「こうすりゃあ、胸に溜《た》まった水が外に押し出されてくる！」

ちからいっぱい押したが反応はない。再びぐっと押した。それを何度も繰り返す。周りには奉公人や、騒ぎを聞きつけた野次馬たちが押しかけ、権蔵と利一郎を取り囲んでいた。

キリも震えながら見つめている。

「こりゃあだめですなあ」

出入りの植木屋がのぞきこんでため息をつく。それでも権蔵は利一郎の小さな胸を押し続けた。あたりは静まり返っていた。奉公人のすすり泣く声が聞こえる。

「――！」

利一郎の口からごぼりと水が吐き出された。

「利一郎や、利一郎や！」

衣玖が小さな頬を挟むように摑むと、利一郎は激しく咳《せ》きこみ泣き出した。あたりから歓声があがり、奉公人らが抱き合い涙を流す。利一郎は浪人に抱きかかえられ母屋に運ばれていった。

野次馬たちも安堵の息を吐きながら裏木戸から退散していく。

放心状態だった衣玖は、権蔵に支えられふらつきながら立ちあがった。そして、

「許さない……あいつが利一郎をこんな目に！」

と、権蔵の手を払いのけ、突然駆け出したのである。

衣玖はキリに飛びかかった。ふたりの女が泥だらけになり殴り合う。互いの髪を引っ張り、着物の半襟を摑み引きちぎり、襦袢《じゅばん》が捲れて、足があらわになっている。権蔵はあっけにとられ身動きができない。この場に残った浪人と植木職人が女たちを引きはがした。植木職人に羽交い絞めにされた衣玖が、呻《うめ》くように叫んだ。

「キリがやったんだっ。あれが侍たちをそそのかして、利一郎を誘いだしたんだよう！」

「たわけたことを」

権蔵は、浪人に肩を摑まれて立ち尽くすキリに目を向けた。よく見ると、袂《たもと》に藻が絡まり、裾は泥で汚れていた。草履も履かず裸足《はだし》である。

「キリや、奥へ入っておいで。衣玖はまだ気が動転しているのだ」

「梵鐘屋。御内儀の言う通り、キリ殿が利一郎殿を池に突き落としたのだ」

「なにをとぼけたことを。利一郎を危ない目にあわせただけでなく、キリを咎人《とがにん》に仕立て上げようだなんて！」

もしかして浪人らは梵鐘屋に怨恨を抱く者かもしれない。金貸しで恨みを買うなど日常茶飯事。毎日のように「殺す」と脅される商売だ。心当たりがありすぎる。

権蔵は大声でおていを呼んだ。利一郎の寝間を支度していたおていが、小さな浴衣を手にしたまま縁に顔を出した。

「お前、離れでキリといっしょにいたのだろう？」

ずっとキリに仕えているおていなら「なにを馬鹿げたことを」と笑ってくれると思った。だが、おていは縁に坐《ざ》したまま落ち着きなく視線をキリに向けている。

「私は奥方様と紅屋《べにや》の品定めをしておりまして……」

ちょうど仲人が来ていたころ合いに、母屋には紅や白粉《おしろい》を携えた紅屋が出張《でば》っていた。

浪人によると、事が起こったのは半刻《はんとき》ほど前。

突然キリが母屋にやってきた。美味《おい》しい羽二重団子《はぶたえだんご》が手に入ったので、利一郎といっしょに食べたいと現れたのだ。噂《うわさ》には聞いていたが、じかにキリを見たことがなかったふたりの浪人は、その美しさに心を許してしまった。見目が綺麗なら心も美しいとおかしな心情が働いてしまったのだ。

権蔵の言いつけで、誰も近づけてはならないと命じられている。しかも衣玖が取りこみ中だ。奥間には利一郎と乳母《うば》しかいない。キリが長い睫毛《まつげ》を上下させて上目遣いにふたりに懇願した。キリは利一郎の姉である。懸念することはなかろうと、ふたりは襖《ふすま》を開けてしまった。

姉弟《きょうだい》が羽二重団子を食べているあいだ、乳母は次の間でキリの土産を相伴していた。しばらく利一郎の笑い声が聞こえていたが、四半刻ほどたって、襖の向こうが静かなことに浪人たちは気がついた。若い娘のいる座敷に踏みこむのをためらい、次の間に回って乳母に様子を訊ねようと襖を開けた。乳母は腹を掻《か》きながら、高いびきを立てていたのである。

嫌な予感がして奥の間に入ると、姉弟の姿はなく、広縁に面した障子戸が開け放たれていた。午過《ひるす》ぎに水気をふくんだ重たい雪が降っていた。雲間から頼りなげな陽の光が射していたが、雪はまだところどころに残っている。椿《つばき》に積もった雪がぼとりと音を立てて池に落ちた。

池の水をかき回すような音がした。裸足で庭に下りたふたりが見たものは、薄氷が割れた池の中で利一郎を抱えるキリだったのである。

キリは、青白い顔で震えながら浪人たちを見上げていた。ふたり同時に池に飛び込み、キリと利一郎をそれぞれ抱えて引きずり上げた。利一郎は息をしていない。ひとりが大声で「誰かあるか！」と叫ぶと、座敷から衣玖が飛び出し、息子の惨状を目のあたりにして悲鳴をあげたのである。

「まさか、キリが？」

心根の健やかなキリが、そんな非道なことをするわけがないではないか。

キリは黙ったまま、なんの感情も面に出さず立っている。衣玖の声が徐々に小さくなり、呪詛《じゅそ》のように耳にこびりつく。

「そうよ、私があの子を落としたのよ」

ぽつりとキリが口をひらいた。

「この店は私が継ぐはずだったのに。がんばって算盤も鍛錬したのに。いい娘にならなきゃって、苦手な手習いも辛抱したのに。ぜんぶ利一郎がかっさらってしまった。ただあの女の腹から生まれたというだけで！」

「キリ……お前、なにを言っているんだい」

キリは拳を握りしめ、衣玖を睨《にら》みつけていた。

「おとうちゃん、毎日言っていたじゃない。この店はキリのために大きくするんだ。もうひとりで泣いて寝なくてもいいように、張りぼてといっしょに寝ずにすむように、いつもおとうちゃんがそばにいてくれるって」

だが衣玖を身請けし、やがて利一郎という嫡男が生まれると、権蔵の愛情は目減りしてしまった。女房の言いなりになってキリを離れに追いやり、見も知らぬ男に嫁がせるという。婿を貰い、梵鐘屋をもっと立派な両替商にするというキリの夢は潰《つい》えてしまったのだ。

「それはお前を思って……」

「おとうちゃんと私のつながりは梵鐘屋だけ。それがなくなったら、私はまたひとりぼっちになってしまう」

涙で濡れる白い顔が、見る間に歪《ゆが》んでいく。キリは東国一の別嬪だと言われていたのに、いまは夜叉《やしゃ》のようだ。権蔵はキリに近づき細い肩をしっかと摑んだ。

「だからって、あんな小さな利一郎を手にかけようだなんて」

「おとうちゃんは金を借りた人に同じことをしているじゃない。無理やり奪ってきたじゃない。本当のおとうちゃんは、そういう人に連れていかれた。そしたら私は、綺麗な着物を着て、おなかいっぱい食べられるようになった。邪魔なものがなくなると幸せになるって教えてくれたのは、おとうちゃんよ。それを真似《まね》しただけよ」

「それは違う！」

権蔵は首を振った。金貸しは情で事を判断してはいけない。帳面に記した貸し借りの値がすべてで、約束が守れない客に罰を与えるのは信用を違えないための掟《おきて》なのだ。

唯一権蔵が情をかけて、金貸しの信条を違えてしまったのがキリだった。あの裏長屋でキリを見捨てておけば情がこじれてしまうことはなかった。

「お前がかわいくてしかたなかったからだ」

口で言わずとも伝わっていると思っていた。たったひとり頼る者もなく金にまみれ、来世の無間地獄を夢に見て汗を流して目が覚めると、あどけない顔で眠るキリがいた。それがどれだけ救いになったか。

いまからそう言えばいい。

と、衣玖を摑んでいた職人が「アッ」と叫んだ。衣玖は足元に落ちていた剪定鋏《せんていばさみ》を手に取ると、振りあげながらキリに襲いかかったのだ。

鋏の先から鮮血が飛び散った。それはキリのものではなく、権蔵の盆のくぼから流れていた。咄嗟《とっさ》に権蔵がキリに覆いかぶさったのだ。

「あんた！」

「おとうちゃん！」

顔がカッカと熱いのに、手足は見る間に冷えていく。巾着から銭が落ちていくように、命のかけらが消えていくのを感じていた。だが、不思議と心の内は穏やかだった。利一郎もキリも無事であればそれでよい。

子への愛情は分けられないのだ。どんどんと増していくのだ。それは権蔵が死んでも減ることはない。金貸しでいえば「死一倍《しにいちばい》」だ。借り主が死んだら、遺産を継いだ子が借金の倍額を返さねばならぬという、法外な借金契約がある。あれに似ている。いや、ちょいと違うか。死ぬときまであたしは金のことを考えている。そりゃあキリだって衣玖だって、根がひねくれてしまうよ。女は金より心を欲しがるもんだ。

「大丈夫ですか、権蔵さん」

霞《かす》む視界の中に、植木屋がのぞきこんでいた。よくよく見れば、端整な顔つきである。

「——!」

十三童子ではないか。あれから十五年以上年を重ねたはずなのに、まったく年を取っていない。やはり物《もの》の怪《け》の類《たぐ》いだったのだ。

権蔵は植木職人の法被《はっぴ》を摑み、白い顔を引き寄せた。

「キリも利一郎も、お前に連れては行かせない」

そう言いたかったが言葉にならない。しかしこの男には理解できたようだ。

「あなた様は無間地獄。子は地獄の今生」

十三童子の声は、医者を呼ぶ浪人の叫び声にかき消された。母屋から再び悲鳴があがり、衣玖のすすり泣く声と、キリの謝る声が重なり、また野次馬たちが駆けつける足音が聞こえてくる。

今日はずいぶんと騒がしい。そういえば実家の大黒屋も目まぐるしいほどの活気に満ちていた。店を差配する平右衛門や長介に憧れ、いつか自分もそうなるのだと意気ごんでいた。平右衛門はまじめな兄ばかりに目をかけていたが、商売の器量は権蔵のほうが上だ。母はとうに死んだはずだが、つい昨日あたりに会った気もする。いっしょに上野の茶屋で団子を食べた。算盤が上達した褒美だったか。平右衛門には「ぜったい内緒」と言われ、体が浮き上がるほど嬉《うれ》しかったのを思いだす。

成長した利一郎が梵鐘屋を切り盛りし、衣玖とハラハラしながらものんびり余生を送るのが夢だった。キリが嫁入りするのをこの目で……いや、そりゃあ見たくねえな。冗談じゃないよ。これほど手塩にかけて育てて、ほかの男にかっさらわれるなど御免だ。

ああ、鐘など撞かねばキリとささやかな暮らしで満足できたであろうに。だがそれでは利一郎は生まれてこなかった。欲をかいて生まれたのが利一郎なら、そりゃあ親の因業からは逃れられねえよなあ。すまないねえ、こんな強欲な親の子に生まれさせてしまって。本当にすまないねえ。キリと利一郎がいっしょに羽二重団子を食べたなんて、それを陰からそっと眺めたかったよ。いつも衣玖が邪魔していたけど、案外仲のよい姉弟になったと思うんだよ。どっちもあたしの子だからね。

うすれゆく意識の中で、小さな子が泣いていた。利一郎かキリかわからないが、もうどちらでもいいかと権蔵は思った。

五

権蔵が目覚めたのは、騒動から三日後のことだった。

さいわい傷は流れた血の量の割に浅く、蘭方医《らんぽうい》のおかげで一命をとりとめたのだ。衣玖とキリがつきっきりで看病したらしく、目が覚めたときはふたりとも抱き合って子どものように大声で泣いていたので、権蔵はまだ夢の中かしらと再び目を瞑《つぶ》った。

ようやく体を起こし、利一郎が元気に顔を出したときは心底安堵した。さらに嬉しかったのは、キリが利一郎を池に落としたと言ったのは、嘘だとわかったことだった。

あの日、店を継げないとわかり気がふさいでいたキリは、いたずらをしてやろうと目論《もくろ》んだ。利一郎を蔵にでも隠し、権蔵と衣玖を驚かせてやろう、と。

「ふたりでかくれんぼをしていたの。そしたら利一郎が氷の張った池を渡ろうとして割れてしまった」

「でも、お前が助けてくれたんだろ?」

「このまま死ねばいいって思った」

キリは衣玖と権蔵から目を逸《そ》らし、うなだれて涙を流した。

「だけど、弟だから」

血のつながりはないし、権蔵の心も店もキリから奪った子だが、初めてできた弟だ。心底憎いわけではない。池に飛びこんで利一郎を引き上げようとしたが、水をふくんだ木綿の小袖が重くて身動きできなくなってしまった。張りぼては幼いキリが背負えるほど軽かったのに、ほんとの命というのはなんと重いものかと愕然《がくぜん》としていると、浪人たちが駆けつけたのだった。

「利一郎が息を吹き返すまで生きた心地がしなかった」

いまも衣玖の叫び声がキリの耳にこびりついて離れない。あれが子を想《おも》う親の慟哭《どうこく》なのだ。この世で一番非道なことを考えてしまった。驚愕《きょうがく》の表情でキリを睨む権蔵の顔を見たとき、娘ではいられないと思った。もうどうなってもいいと、心の内をすべて吐き出したのである。

「ところで、お前たちは番屋に連れていかれなかったのかい？」

あれだけの騒動だ。町役人が駆けつけてもおかしくはない。

「うちは金貸しでございましょう。無利子無担保返済ナシで、関わりのある者たちを口止めいたしました」

「くれてやったのかい！」

「梵鐘屋の信に関わることですから」

衣玖は自分のしたことは棚に上げ、店の奥を差配する女房として当然ですよと胸を張った。

権蔵はキリになにか告げなければと思ったが、上手く言葉にすることができなかった。ただひとこと、

「利一郎を助けてくれてありがとうな。さすがあたしの娘だよ」

と頭を撫でた。キリは幼いころのように目を何度も瞬《まばた》かせ、嬉しそうに頬を染めた。

それからほどなくして、花筏《はないかだ》が御堀を埋め尽くした日に、キリは信濃屋に嫁いでいった。日本橋界隈《かいわい》の店が空っぽになるほどの盛大な花嫁行列は、なんと公方様がお忍びでご覧になったと噂が立つほどだった。

後日、信濃屋の仲人がつつがなく婚儀を終え挨拶にやってきた。

「実はねえ、梵鐘屋さん。こちらに以前から日本橋の紅屋さんが出入りしておりましたでしょ

う」

「ああ、毎月来ておったが、刃傷沙汰《にんじょうざた》を目にしてからこっち、一切顔を出さなくなった」

「噂によると、なんと公方様がキリ殿の噂を耳にされ、大奥に迎えたいと所望しておられたそうで。大奥御用達《ごようたし》の紅屋に探りを入れさせていたようでございます」

そんな矢先に池の騒ぎが起こり、諍《いさか》いを起こす娘は奥に上げられないとご破算になったという。権蔵にしてみたら、キリを手の届かない大奥になどやらずに済んで安堵したのだが、なぜか衣玖まで口元を緩ませ機嫌がよい。

「なにをそんなに嬉しがっているんだよ。残念無念と悔しがるところだろう」

「キリが大奥に入って、万が一公方様のお手がついてしまったら、私はますますみじめになるではありませんか」

(女というものは、人の親になっても女をやめないものなのだねえ。これも因業というやつか)

権蔵は利一郎を膝に乗せたまま、衣玖に文句を言った。

「お前ねえ、キリは本当の子じゃないからってそこまで邪険にすることはないじゃないか」

「あんたさん、おのれでも気づいておらぬのですねえ」

衣玖は驚いたように権蔵の顔を見すえる。

「なにがさ」

「私は血のつながり云々《うんぬん》でキリを疎んじていたわけではありませんよ」

呆《あき》れたようにため息をつく衣玖に、権蔵は首を傾《かし》げた。

「じゃあ、なぜいつもあの子に腹を立てていたんだい」

「死ぬまで教えませんよ」

衣玖は利一郎の顔をのぞき込み、「お前は女ごころのわかる男になりなされ」と言いふくめた。

利一郎は元気よく「はい」と答えたが、権蔵はいつまでも首をひねっていた。

それからの梵鐘屋は、あいかわらず金貸しに精を出した。だが、数年後、権蔵は利息で首が回らなくなった借受人に刺されてあっけなく死んだ。

権蔵にひどい目にあわされていた振り売りや職人たちは、はじめこそ債鬼の死を歓迎したが、数日たつとどうも仕事が上手く回らないことに気がついた。毎日金を貸して、夜になるとしつこく返せと責める権蔵だったが、あれがいたから毎日汗水垂らして働いていたのだ。

「腹が立つほど金に律儀な男だったよ。少し多く銭を返しちまったら、一文多いって返してくるし」

「がめついが、米一粒も嘘がつけねえ金貸しだったなあ」

ちげえねえ、ちげえねえ、と裏長屋の住人たちは口をそろえる。

「しかし難儀じゃねえか。銭ゴンが来ねえと、いま何刻《なんどき》かわからねえ」

ピッタリ同じ刻限にやってくる権蔵は、いつしか「金の鐘」と呼ばれていたが、本人はそれを知ることなく死んでしまった。

死ぬとき権蔵はなにを思っていたのでしょうなあ。金の池で溺れる夢でしょうか。根っからの金貸しでしたから。

とは申せ、いまごろ無間地獄へ真っ逆さまに堕ちておりましょうねえ。いいえ、大したこたあございませんよ。たった二千年のあいだ真っ逆さまに堕ちるだけですから。あっという間です。

フフフ、長いって？　この世では長いのでございましょうが、無間地獄には時はないに等しいのでございます。責め苦を負うのは八万四千大劫《だいこう》と申します。一劫は四億三千二百万年でございましょうか。

権蔵が遺《のこ》した家がどうなったかといいますと、あれの傲慢な商売で成り立っておりましたので、主亡きあとは貸した金が一向に戻らず、とうとう店を畳んでしまいました。

衣玖と利一郎は、キリが嫁いだ信濃屋に泣きつき身を寄せました。若女将《わかおかみ》のキリとはなにかと諍いがあったようですが、衣玖はやがて流行《はや》り病《やまい》でコロリと死んでしまいました。

利一郎はどうなったか？　池で溺れてから一層権蔵に甘やかされたおかげか、人を疑うことなくすくすく育ちました。幼いころに死に目にあったので、その後大きな災いは降りかからず済んだようです。信濃屋でキリから算盤勘定を習い、その後、権蔵の実家の大黒屋へ奉公に上がったそうです。金にも女にもうつつを抜かさぬまじめな働きぶりが気に入られ、子のいない伯父の養子になりました。いまでは大黒屋の立派なご当主になっています。

キリのほうも気になりますわなあ。あれは信濃屋で三男一女をもうけ、銭勘定の才を生かして店を大きくし、夫を尻に敷いて商いに精を出しておりますよ。昨年の上野での東征軍と彰義隊《しょうぎたい》との戦では、双方に薬を売りつけてとてつもない財を築いたようでございます。さすが、権蔵の娘でございますねえ。

ああ、権蔵がまことの子のように慈しんでいたから、ひどい目にあったのではと気になされておりましたか。

おや、みなさん気づかれませんでしたか？

あれは権蔵の子ではございません。目脂を拭い、その瞳でじっと見られたときから、権蔵は堕ちていたのでございます。本人もいまだ気づいておらぬでしょうな。

権蔵、一生に一度の恋でございますれば、子ではないキリに、無間の鐘の因業は届きませんでした。

嘘の鐘

おや、そこのおふたり、なにを揉《も》めておいでです。はあ、船が傾きそこから脱出してここまで小舟でやってきたが、食い物がなくすでに丸二日。それはさぞお辛《つら》いことでしょう。それでおふたりは気が立って、膝が当たった息が臭いと罵り合っているわけですか。しかも、え？　猫？

おや、なぜここに猫が？

鼠《ねずみ》退治のため船に乗せていた猫ですか。その猫は、そちらの老爺《ろうや》様が世話をしているが、腹が減ったからそれを喰《く》おうとそちらの髭《ひげ》のお方がおっしゃった、と。老爺様にとってこの猫は孫のように世話していたから殺すには忍びない。廻船《かいせん》から脱出するときも、懐に押しこんできたのでございますね。こちらの老爺様は航海長でございますか。そして髭のお方はそれを補佐する片《かた》表《おもて》（副航海長）というお役目で。船の長である船頭さんはおられないのですか？　なんと、嵐で船から落ちて行方知れずに。それは残念でございます。

猫の前脚に、なにやら血がついてございますね。どこかで引っかけたのでしょうか。でも猫に傷はなさそうですね。となると、航海長がどこか怪我《けが》をされているのではありませんか？　ほう、大丈夫だ、放っておけと。すみません、私、生来のお節介でして。どなたかお怪我をされているならおっしゃってくださいね。長旅をする身ですので、外療《がいりょう》（外科医）の端くれ程度の腕は持っております。傷口を放っておくと、鼠に食われますから。

どういうことか？

この小屋はざっと見まわすと、囚人を収監した小伝馬牢《こでんまろう》の大牢《たいろう》より少し狭いくらいでしょうか。そこに十三人なら大したことはございませんよ。ここにいるみなさまには縁のない場所だと思いますが、あそこは本当にひどい場所でございまして。

なにせ、牢名主《ろうなぬし》なる牢内役人《ろうないやくにん》の長が畳をこれでもかと積み上げて、そこから平囚人を見おろしておるのです。その平囚人どもは、一枚の畳に五人も六人もケツをのっけて眠ります。そりゃあもう、体はこわばり、ケツは擦れて傷でもあろうものならそこが膿《う》んでしまいます。牢内は湿気がひどく風などまったく通りません。ひとつ体に傷ができると見るまにぐちゅぐちゅになって、湿瘡《しっそう》の毒が体中に広がってしまいます。その膿《うみ》から血が滲《し》み出すと、どこからか鼠が現れ肉ごと齧《かじ》っていくそうです。

その目で見てきたようだって？　まさか。噂《うわさ》で聞いただけでございます。心づもりをしていたほうが良《い》いと思いまして。

そんな心配はございませんか。

そういえば、あそこは牢獄《ろうごく》なのに酒も煙草《たばこ》もやることができまして。腹が減ったら煙草で一服、ぷかりとやるわけです。

どうですか、煙で腹を満たしたら。そんなものあるわけない？　そりゃあそうですなあ。命からがら逃げてきたのですから。

私、煙管《キセル》を持っております。ちょいとお待ちを。どこかに煙草入れがございますよ。嵐で湿気《しけ》ていないとよいのですが。ああ、よかった。屑《くず》葉ですのでさほど美味《うま》いものではございませんが、空《す》きっ腹《ぱら》にはようございましょう？　あ、そこの若い方。はい、あなた。蠟燭《ろうそく》の火を少し分けてくださいな。

みなさま、順繰りにまわしていきますから、どうぞ目でも楽しんでくださいな。そうでしょう、そうでしょう。この煙管の見事な細工に目を奪われておいでですね。羅宇《らう》の部分は竹ではありませんで、すべて銀でできております。雁首《がんくび》あたりに彫られた龍もさることながら、私が気に入っているのは、この魚々子《ななこ》と呼ばれる小さなテンテンでございますよ。よおく見ると、小さな丸がずらりと彫られているのです。まったく重なることなく表面を覆いつくしておりまして、指に挟むとしっとりと吸いつくように馴染《なじ》みます。私が唯一、人様に自慢できる代物でございますな。

修験者《しゆげんじや》という身でありながら、物に執着するのはいかがなものかとおっしゃるのもわかりますが、美しいものは心を豊かにいたします。雪解けのあとのあぜ道を歩くとき、田植えが終わり水田に映る青い空と雲を目にしたとき、夏の潮を前に胸の奥をかき乱されたとき、春三日月を見上げて懐かしい人を想《おも》うとき、この煙管が私の相棒としてそばにあり話し相手になってくれました。

ときに私の代わりに怒りを吐き出してくれます。

吐き出されるのは煙草の煙だろうって？　炎だって吐いてくれますよ。ほら、表面に龍の彫《ほ》り物《もの》がございますでしょう。これが人の欲を呼び寄せてくれるのですよ。道端で煙をぱくりとやれば、私の口から吐き出された煙が龍の形を成して、欲深い者の居場所を教えてくれるのです。

どうもお前さんは嘘《うそ》がへたな講釈師みたいだ？　はて、嘘などついていませんが。「無間《むげん》の鐘」などというまやかしを吹聴する者は、新しい世にそぐわぬ旧弊連中と同じ害悪だ？

なんと、みなさまは新政府のお方がたで？　ああ、ちがうのですね。新しいんだか、古いんだか、そんなものは船乗りにはかかわりないことで、船主の意向で大海原を駆けて暮らしているだけだ、と。それでも世が動いていることをひしひしと感じるわけですね。船だって風を受けて進むのではなく、蒸気で動くのが当たり前になってまいりましたからね。勝手に動いてくれるなら便利ですが、みなさまのお仕事も減ってしまいますね。だからこの先どうやって食っていくのか思案していた方もおられるのですね。そこにきて船が難破するなど、それは踏んだり蹴ったり。

草ですか？　はい、まだございますよ。どうぞみなさんでゆっくりとやってください。小屋の中が煙くなってまいりましたねえ。小窓を開けたいのですが、まだ雨足が強くてかないませんね。

え？　この煙管を見たことがある？　子どものころ、男衆がこぞって帯に手挟《たばさ》んでいたやつが、これとよく似ていた？　老中水野《みずの》様のお直し（天保《てんぽう》の改革）の前のことでございますね。ええ、私もよく覚えていますよ。あのときは両国広小路《りょうごくひろこうじ》に銀の煙管が山のように積まれて、火で溶かされてしまいました。立ち上る黒い煙が、まるで龍のようだったのが、今も目の裏に焼きついています。

この煙管は、お直しでお触れ書きが出されるまでの間、江戸で大流行しましたが、それを世に広めたきっかけは、なにを隠そう私なのでございます。

そんなの法螺《ほら》だ？　年が合わない？　そうですねえ、今の私はどう見ても二十半ばの色男。よぼよぼの爺《じじ》には見えませんが、目に見えるものなど大した意味はございませんでしょう？　はいはい、嘘つきの話など信じないのでございますね。構いませんよ。では勝手にこの口が動いておりましても、聞き耳を立てないでくださいね。おや、こちらの若いお方。私の話に興味がおありで。

この煙管が大流行《おおはや》りしたころに、私が出会った錺《かざり》職人の話でもしましょうか。その者は、身内の命よりもおのれの欲を通した江戸職人でございました。

一

四月も半分が過ぎると、江戸の町は祭り支度で活気を帯びていく。町のあちこちでお囃子《はやし》と長唄の音色が朝から晩まで響きはじめ、下町の山王祭《さんのうまつり》がせまってきたと肌で感じることができるのだ。

音色を運ぶ風の中に濃い土の香りが混ざり合っていた。

季節の変わり目を探るには、まずおのれの眼《め》を閉じることだと、錺職人である祖父、久兵衛《きゅうべえ》に言われたことがある。

まだ勘治《かんじ》が久兵衛に弟子入りする前の、七歳に届かぬ幼き日、母が女郎屋で死んだと知らせを受けて、祖父と亡骸《なきがら》を引き取りに行った帰り道だった。

祖父の指の付け根には硬いタコができていて、手を握って道を歩く間、そのタコを指先でまさぐり、くすぐってえとどやされたものだ。

あのころまで、久兵衛は勘治の祖父《じ》さまだった。

次の年、母の墓参りへ出向いた帰り道は、久兵衛は勘治の三歩先を歩いていた。祭囃子の稽古の音がどこからか聞こえてきて、祖父に少し山車《だし》小屋をのぞいていこうよと言いかけたが、先んじて久兵衛が口を開いた。

――お囃子なんぞに負けねえくらい、タガネを叩《たた》きやがれ。その数の分だけ、おめえの血肉になるからよお。

使い走りと作業場の掃除に明け暮れて、ようやく地金《じがね》を叩くことを許されたのは、十三歳のときだった。

十七歳になった勘治の手は、まだ祖父の指の硬さには遠く及ばない。

「こりゃあ見映えのいい出来だ。親方の腕に劣らねえいい仕事ぶりじゃねえか」

瀬戸物町《せともものちょう》の山車小屋には、山車人形をこしらえる職人らがひっきりなしに出入りしている。彼らの作業が終わるのを待ち、勘治は作業場から運んできた車の飾りを取りつけた。町名主の言葉にほっと息をつく。

祭りの仕事をこなすのはこれが初めてだった。しかも地金屋や型屋への手配、図面引きまでのすべてを、まだ半人前の勘治が一手に引き受けたのだ。

気負いすぎて、地金を伸ばすときムラができてしまった。こんなものを久兵衛が目にしたら、すぐに火にくべてはなからやり直しになるところだった。

小屋に差しこむお天道様《てんとさま》の光を受けて輝く銀の龍が、山車の台座から勘治に睨《にら》みをきかせている。見る者の眼は、山車の上に作られた人形や装飾に向けられるから、台座の飾り細工などあってもなくてもよい代物だ。それでも金銀の細工は祭りには欠かせない。

「どこの錺屋からも手一杯だと断られて困り果てていたんだ。〈久兵衛〉が引き受けてくれて助かったよ」

この時期は、どこの錺職人も仕事を多く抱えている。祭りに合わせて新品の飾りを支度するには骨が折れるらしい。

祖父と同じ名を屋号に据える錺屋〈久兵衛〉も、以前はこの時期猫の手も借りたいくらいの忙しさだったが、今は本業の錺金具よりも、小間物屋などから頼まれる簪《かんざし》や根付《ねつけ》作りの仕事が大半になっている。

「こういっちゃあなんだが、久兵衛さんが倒れちまってどうなるこったと案じていたが、おめえさんみたいな跡取りがいりゃあ、爺《じい》さんも思い残すことなくあの世へ行けるってもんだ」

「思い残すもなにも、祖父さまはとっくに耄碌《もうろく》しちまって、なんもかんも忘れてらあ。だが、俺にまかせておけば〈久兵衛〉は安泰さ」

直すところがあればすぐ声を掛けてくれと告げ、代金を受けとると勘治は空になった荷車を引いて帰路についた。

これでしばらく暮らしに困らない。町医者に溜《た》めた薬代の付けも払うことができるだろう。だが、後ろめたさが拭えなかった。

依頼主の前では、あんなでかいことをほざきながら、勘治は自分の半端さに苛立《いらだ》っていた。不出来とわかっていながら山車に取りつけ、良《よ》し悪《あ》しのわからぬ客からいい仕事だと褒められ、恥じるどころかなにも言い返さず銭を貰《もら》った。

（だが、食っていくためにはしかたのないことだ）

自分の心に嘘をつくたび、空の荷車が重くなっていく。

京橋《きょうばし》にほど近い具足町《ぐそくちょう》の裏町屋に、錺屋の作業場が構えられていた。元は裏長屋だったらしいが、今は物作りの職人らが居を構え、あちらこちらから金槌《かなづち》や鋸《のこ》の音が響き渡っている。

路地の入り口に荷車を寄せ、中庭にある共同井戸に足を向けようとしたとき、同じ裏町屋の鍛《か》冶《じ》屋の女房が、血相を変えて飛び出してきた。

眉間に皺《しわ》を寄せ、久兵衛と勘治の作業場を恐々と見やる。

「勘ちゃん、あんたが出てったあと、佐吉《さきち》が戻ってきてさ……」

終《しま》いまで聞かず、勘治は作業場へ駆けこんだ。久兵衛と勘治が錺を施す六畳ほどの板間には、作業棚に手を突っこんで奥を漁《あさ》っている勘治の父、佐吉の姿があった。

四十はとうに越えただろうか。堅気にほど遠い獰猛《どうもう》な人相と風体をさげている。

「おい、なにやってやがんでえ！」

勘治の怒声に振り返った佐吉は、作業場をぐるりと見まわし、「そろそろ祭りだからなあ」とほくそ笑んだ。勘治は自分が震えていることに気づいていた。そして佐吉も息子がなにもできないことを知っている。

「おめえが荷車引いてるのを見かけてなあ。祭りも近え。景気いいころあいだろ？」

「あんたにやる銭なんかねえ。とっとと出ていきやがれ」

佐吉は、錺の仕事が多く舞いこむ祭りの時期にふらりと戻ってきて、店にある銭を根こそぎ奪い取っていく。前は金をせびるだけだったが、久兵衛が寝たり起きたりを繰り返すようになると、家探《やさが》しをして金目のものを盗《と》っていくようになった。

この破落戸《ごろつき》は、跡取りとして久兵衛に錺を仕込まれたが、元来の怠け癖と女好きが高じて十五年も前に女房と子供を捨てたのだった。今は深川界隈《ふかがわかいわい》の女郎屋の金棒引きを生業《なりわい》としているらしい。腕には入牢《にゅうろう》の入れ墨が入っている。

佐吉はおし木（作業台）に置かれた作業途中の赤銅の細工物を手に取り、袂《たもと》にねじ込む。道具屋に売って金にする気だ。

取り返そうと摑《つか》みかかったが、体格は佐吉が勝る。逆に首を摑まれ、そのままおし木に叩きつけられた。樫《かし》の木でできた台は骨がきしむほどに固くできている。息をすると肺が痛んだ。

佐吉は、久兵衛と勘治が寝起きする続きの座敷《ざしき》に上がりこんでいく。

「おう、ジジイ。まだおっ死《ち》んでなかったのかい」

久兵衛が呻《うめ》き声をあげている。佐吉が父親を蹴りとばしたのだ。這《は》って敷居に手をかけると、布団の中で丸くなっている久兵衛が、佐吉の足首を摑んでいた。佐吉は笑みを浮かべながら、首をぐるりとこちらにまわして、勘治を見おろす。

「なかなかくたばらねえなあ。勘治も辛抱ならねえだろ？　朝から晩まで、こいつの世話してよお。わしなら寝首かいちまうがなあ」

そう言って佐吉は久兵衛を払いのけ、小簞笥《こだんす》を漁り、布袋《ふたい》に入った銭を見つけて「これっぽっちか」とぼやいた。あの金は町医者と、京橋の銭貸しに返済するためのものだ。

やがて家探しを終えた佐吉は、台所の扉を押し開けて立ち去っていった。表から女房らが諫《いさ》める声と、佐吉の怒鳴り声が聞こえてくる。

気配が消えたのを確かめると、勘治は久兵衛へ駆け寄った。

「祖父さま、だいじょうぶか！」

布団の中をのぞくと、久兵衛が腹を抱えて震えていた。落ちくぼんだ両眼を宙にうろつかせたあと、ようやく勘治に目をやったが、また蹴られると思ったのか身を縮める。

「俺《おら》ぁ、勘治だ。わかるか、孫の勘治だよ」

久兵衛はぎゅっと目を瞑《つぶ》ったまま首を横に振った。

二年前の夏、久兵衛は下里《げり》（下痢）腹《ばら》が長く続き、寝たり起きたりを繰り返すようになった。もともとは頑丈な人だったが、いちど寝つくと起き上がるまでにふた月近くかかってしまった。回復の目途がついた矢先に、今度は血を吐き倒れたのである。町医者からは、胃《い》の腑《ふ》にできた石が少しずつ悪さをし久兵衛の寿命を縮めていると告げられた。久兵衛は見る間に体が細くなっていき、今では自分が錺職人であることすら忘れてしまうときがある。

年をとれば誰しも物忘れがひどくなるし、そこに長患いが重なれば、さらに症状は悪くなるらしい。穏やかな気質だった者が癇癪《かんしゃく》持ちになったり、算盤《そろばん》勘定が得意であった者が、数を数えるのも難儀になったりするのは至極当然のことなのだ。

これにはどんな万能薬も効果はなく、辛抱強く面倒を見てやるのが老爺への何よりの薬だと、町医者からは匙《さじ》を投げられたのだった。

久兵衛は腹の石がいつ破れるかわからない。朝から晩まで、久兵衛の体調に気を遣わねばならないのは、独り身の勘治には応《こた》えることであった。

もし母が健在だったら、いま少し辛抱ができただろう。勘治の母は、亭主の佐吉に出ていかれたあとも、気難しい久兵衛と幼い勘治の世話をしながら、内職や久兵衛の仕事の手伝いをしていた。

だが、佐吉が外で作った借金返済のため、女郎屋へ身売りさせられてしまい、そのまま病で死んでしまったのだ。勘治は六歳だった。

そのころから祖父の手で育てられ、七歳で曽祖父《そうそふ》が始めた錺屋〈久兵衛〉の使い走りをするようになった。錺職人としての道に足を踏み入れたのは、至極当然だったのである。

あれから十年の年月がたったが、勘治は祖父に似ず不器用な質《たち》で、親方を満足させるには至っていない。

（祖父さまが死んだあと、俺ひとりで〈久兵衛《ここ》〉を守っていけるだろうか）

千代田《ちよだ》の城に納める御道具に手を加えることが許される錺職人は、江戸でも片手で数えるほどだ。勘治は〈久兵衛〉という名だけではなく、祖父や曽祖父が長年蓄えてきた技術とタガネを引き継いでいかねばならない。

そんな重責に耐えられるだろうか。

作業場を片づけていると、いつの間にか背後に久兵衛が立っていた。障子戸に手をかけようやく立っている。

「小便かい？」

勘治の問いに、久兵衛は無言で首を横に振り、おし木の上に並ぶタガネに目をやった。

「錆《さ》びてやがる。道具を整えることを怠るなとあれほど言っているだろう、佐吉」

たまに昔を思いだしたように説教をしてくるが、その小言は佐吉と勘治が入り乱れ、ときに辞めた弟子や、勘治も知らない名が出てきたりする。

そんなときの久兵衛は寝つく前の姿を取り戻したように矍鑠《かくしゃく》として、鋭い眼を取り戻すのだ。勘治の仕事ぶりを眺め、見てられねえとタガネと金槌を取り上げる。自らタガネをカカカと打つこともあった。

目の前の久兵衛は、職人の顔である。昔の顔つきのまま作業場に下りてくると、道具箱の前にしゃがんでタガネを一本ずつ検《あらた》めはじめた。

道具がくすんでいる、作業場がきたねえ、地金を打つ音が鈍《なまく》らだ、焼きなましに使う竈《かまど》の火を落とすな、朝から晩までタガネを打て、打った数だけ技になる。息をする間も惜しんで細工を工夫しろ。

「そうだ、祖父さま。ちょっと見てほしいもんがあるんだ。俺が考えた細工さ。龍を唐草模様と絡めて彫ってみた」

久しぶりの仕込みが嬉《うれ》しくて、祭りの山車飾りをこしらえていたときに思いついた錺を見てもらおうと思った。

棚から錺金具を取り出して振り返ると、久兵衛の足元が濡《ぬ》れていた。枝のように節くれだった足の指に、小便が垂れ流されている。

勘治は舌打ちをなんとか口腔《こうこう》に押し留《とど》め、首に巻いた手拭いで濡れた床を拭いた。着物と汚れた下帯を替え布団に寝かせてやる間も、飯が不味《まず》いだの、裏の夫婦喧嘩《げんか》がうるさいだの、出ていった佐吉の悪口だのがとめどなく口からたれ流される。

その後再び祖父の憤懣《ふんまん》は勘治に向けられ、もっと腕のいい弟子に恵まれたらあとあとの心配なく死ねるのに、とぼやきはじめるのだ。

「早くくたばれって顔してらあな」

「そんなわけないだろう、早く元気な祖父さまに戻ってくれって思っているさ」

「嘘つきやがれ」

唾を吐かれ生臭い匂いが頰をつたう。とっさに手が出そうになったが、久兵衛は虚《うつ》ろな目を天井に向けたまま、今なにを話していたのかわからなくなっている。振りあげた腕の下ろし場所にしばし迷い、布団の縁を摑み久兵衛の首元まで引き上げた。

「俺に任せておけば、〈久兵衛〉は安泰だよ」

タガネを打つ数よりも、嘘の数が増えている。

二

久兵衛の指は、指紋が潰れてつるつるである。指の根元より先っぽのほうが平たく大きく膨れ上がり、しゃもじのようになっていた。指のタコはもうひとつの道具だというのは、勘治の曽祖父の口癖だったらしい。

久兵衛は、錺職人だった曽祖父から仕込みを受けた。久兵衛という名は、名人と謳《うた》われた曽祖父の名を継承したものであり、店の屋号にもなっている。

香盒《こうごう》の覆輪《ふくりん》や小簞笥の縁、屏風《びょうぶ》の角の金具や、釘隠《くぎかく》しなど、補強と装飾を兼ねた細工を施すのが錺職人の主な仕事である。地金を叩き伸ばしたあと、たとえば三寸にも満たない型に切りとり、それをヤニ台に据えて地金を固定させる。そこに自前のタガネをあてて金槌を叩きつけ彫りを入れていくのだが、これが途方もなく根気のいる作業だった。

毛彫《けぼ》り、透《す》かし彫《ぼ》り、高肉彫《たかにくぼ》りなど、技術はいくつかあるが、とくに久兵衛が得手としたのが「魚々子彫り」だった。小さな点が地金の部分を埋め尽くす文様だ。細かい目のひとつひとつを魚々子タガネと呼ばれる道具で刻んでいくのだが、目が重ならないように美しく打つ技を習得するには、気が遠くなるほどの修練が欠かせない。

これまで久兵衛には幾人かの弟子がいたが、息子の佐吉をはじめ、みな辛抱ならず辞めていった。おのれへの厳しさはさることながら、技をないがしろにする者を久兵衛はひどくなじる男だった。

火の中から地金を引き出し、素早く金槌で叩いて伸ばしていく。カカン、カカン、と腕からせり上がる振動は、やがて心の臓と拍子を合わせていくが、この合わさる瞬間だけは、半人前の勘治でも喜びが湧き上がる。

仕上がったのは、平打ちの錺《かざり》簪《かんざし》である。

これまで〈久兵衛〉に持ちこまれていた細かな錺金具の仕事は、めっきり減ってしまった。その代わりに、簪や根付など、櫛《くし》屋や小間物屋から仕事を貰って錺細工をこしらえている。細やかな装飾というよりは、見目が華やかであれば依頼主に喜ばれたので、いい小遣い稼ぎになっている。

（祖父さまなら、そんな半端な仕事を受けるんじゃねえって怒り狂いそうだな）

こうして仕上げた簪だったが、またもや佐吉に持ち出されてしまった。ほんの少し目を離した間の所業で、櫛屋へは納期の先延ばしを頼みに行くことになってしまったのである。

あの男は物を作る面倒から逃げ、人から金を奪う楽な道を選んだのだ。怒りよりも諦めの気持ちが強かった。

（あんな男でも、親には違《ちげ》えねえ。あいつの子に生まれた俺にツキがなかっただけのことだ）

久兵衛の寝ている座敷をのぞくと、いつものように小簞笥の引き出しが開け放たれ、布団の中で久兵衛が丸くなって震えていた。

「また佐吉の野郎が無体を働いたって？」

近所で鋳掛屋《いかけ》を営む振り売りの喜介《きすけ》がやってきたのは、佐吉に根こそぎ売り物を盗まれた翌日である。

「おいらが町廻《まちまわ》りをしていなけりゃあ、佐吉なんぞトンカチで追い出してやったのに」

喜介は若いころ久兵衛に弟子入りしたものの、仕込みが厳しいと逃げ出した口だが、鋳掛屋を営むようになってからも気にかけて作業場にやってくる。勘治にとっては、時期は重なってはいないが兄弟子のようなものだ。

喜介は佐吉と同じころここで修業をしていたから、余計に気になるのかもしれなかった。

今日は親方に効く薬を持ってきたと、懐から薬包を取り出した。受け取って中を見ると、小さな黒い丸薬《がんやく》がたった三粒だけ入っていた。

「こりゃあ、日本橋《にほんばし》の信濃屋《しなのや》さんの万能薬でさあ。疝痛《せんつう》にも効くそうだ」

「祖父さまのは治る見こみのない石だ。ガキの食いすぎじゃないんだからさあ」

「しかも寝小便にも効く」

「だから、ガキじゃねえって」

「似たようなもんだろ。うちのチビどもだって、しょっちゅう腹が痛《いて》え、漏らした、腹減ったと大騒ぎさ」

「じゃあ、喜介さんが祖父さまの面倒見てくれよ。五人も六人も変わらねえだろ？」

すると喜介は大仰に首を横に振ってみせた。

「生まれたときの赤子の顔ってのはくちゃくちゃの皺だらけ。年寄りみてえな顔つきだ。だが、こっからつるんつるんの打ちたての地金みてえに育っていく。かわいいもんさね。だが、同じ皺でも年寄りのは干からびた梅干しみてえになっちまうだろう？　おいらは酸っぱいのは苦手だよぉ」

と、喜介は口の周りに皺を寄せて素っ頓狂な声をあげる。勘治はその陽気な口ぶりにつられ、体を揺らして笑った。

「ふん、地金打ちで逃げ出したくせに」

「だから心残りがあんだなあ。それでせっせとたくさんの子をこさえてんだよ」

こうして喜介が軽口を叩いてくるのも、久兵衛に恩義があるからだ。錺職人としては落ちこぼれたが、鋳掛屋として糊口《ここう》を凌《しの》げるのは、地金打ちを叩きこまれたからだと喜介は会うたびに口にする。

「騙《だま》されたと思って飲ませてみねえ。この妙薬はなあ、十粒で六十匁《もんめ》もするんだが、おいらの客がたまたま持っていて少しだけ分けてくれたんだ」

こんなもので治ったら町医者はいらないなと笑いながら、勘治はありがたくちょうだいした。

それから二日ほどたち、喜介が振り売りをしているさなかのこと。通りで佐吉とばったり出くわし、いい加減行状を改めろと説教をしたところ、佐吉に殴られ転んだ拍子に腕を折ってしまったという。

しばらく仕事にならないらしいよと、近所の女房から知らされたとき、心底佐吉を恨めしく思った。

なぜ親は子を勘当することができるのに、子は親を捨てられないのか。

作業場に差しこむ陽が陰るころ、開け放たれた戸の向こうから、ジャラと澄んだ音が聞こえてきた。

佐吉だったらと思うと、体に震えが走った。幼いころから佐吉に折檻《せっかん》を受けてきた勘治は、頭では父を憎く思いながらも、体に刻まれた恐怖は消えることがないのだ。

地金を叩けば、技は血肉になると久兵衛に仕込まれてきたが、それと同じ道理で父と息子の縁も深く千切れぬものになってしまったのである。

手を止めて恐る恐る戸口に目をやると、そこには白い衣装を身に纏《まと》った男がひとり佇《たたず》んでいた。佐吉ではなく安堵《あんど》する。だが、厄介な訪問者には違いない。

柿衣《かきごろも》に八目《やつめ》草鞋《わらんじ》。首から結袈裟《ゆいげさ》をかけ、手甲《てっこう》で覆われた手には錫杖《しゃくじょう》が握られていた。陽を背に受けてギラリと光り、勘治の目をくらませる。

「うちでは面倒見られねえよ。余所《よそ》へ行っておくれ」

勘治が追い立てようと手を振ると、修験者は笑みを浮かべたまま作業場へ足を踏み入れた。

「こちらで細工物の直しをしていただけると耳にいたしまして」

作業場を見渡した修験者は、懐から銀の煙管を取り出した。

勘治は眼を瞠《みは》る。

煙管を手に取ると、ずっしりと重みが伝わった。総身が銀で仕上げられ、表面は細かな魚々子彫りで覆われている。長さは八寸ほど。これまで久兵衛が得意としていた細工よりもさらに細かい。雁首のあたりから繊細な龍が彫られ、火皿《ひざら》の部分は唐草模様が施されていた。

しかし吸い口のあたりが歪《ゆが》んでいる。煙管の下の部分の半分ほどが傷でへこんでいた。模様も欠けている。

「ならず者にからまれましてなあ。危うくこれを奪われそうになりまして、運悪く傷ができてしまいました。しばらく別の煙管を咥《くわ》えていましたが、しっくりきません」

そう言うと、修験者は作業場をぐるりと見まわして首を傾《かし》げた。

「こちらは錺屋だとうかがいましたが、売り物は置いていないのでございますか」

「うちは、ほかで組み立てられた指物や金庫や硯箱《すずりばこ》の覆輪なんかを手掛けるのが仕事だからさ。仕上げりゃあそいつは作り手の元へ戻される。うちにゃあなあんも残らねえ」

簪や根付もすぐに小間物屋や櫛屋へ届けてしまう。

「ああ、なるほど。ではあなた様の腕前はわからないのでございますなあ」

文句があるなら余所へ行ってくれと喉元まで出かけたが、修験者は「山王祭に間に合いますかな」と続けた。桟敷《さじき》からのんびりと附祭《つけまつり》を眺め、銀の煙管で一服するのが楽しみだという。

あとふた月もある。だが、これほどまでの細工物を元の姿に戻すことができるだろうか。曲がった部分を溶解して打ち直すならば、残った部分の細工同様に仕上げねばならない。

久兵衛なら飛びつくような仕事だが、勘治にはまだここに到達するだけの技がない。

さらに模様に合ったタガネを作らねば、この技は踏襲できないだろう。

「無理ですかねえ」

「……いや、こいつは俺が仕上げる」

きっと、この煙管は勘治の分岐になる仕事だ。これを仕上げられれば、勘治は錺職人として生きていける。だがしくじれば……。

煙管を眺めていると、奥の部屋から震える声が聞こえてきた。

背が痛い、床ずれに軟膏《なんこう》を塗ってくれとわめいている。少したつと、勘治だか佐吉だかを罵る言葉に変わっていった。

「おや、どなたか床に伏せっておいでですか」

「親方……俺の祖父さまだ。腹の石が……」

すぐに口ごもる。行きずりの旅僧に言っても詮方ないことだ。

「なんとまあ……致し方のないこととはいえ、その苦しみはいかほどでございましょう。私は祈ることしかできませんが」

「祈ろうが呪おうが、人の生き死になんぞ変わらねえ」

修験者は眉尻を垂らしながら、すっと勘治の前に膝を折った。妙に端麗な顔つきであることに気づき息を吞《の》む。深緑の眼《まなこ》に顔をのぞきこまれると、頭の中を見透かされているような心持ちになった。

「無間の鐘をご存じでございますかな」

知らん、と勘治は首を振った。

「遠州《えんしゅう》小夜《さよ》の中山《なかやま》の観音寺《かんのんじ》にあったというその鐘は、撞《つ》けば現世で富貴を手に入れることができると申します」

噂はやがて日の本中に伝わり、観音寺には朝から晩まで欲深い信者が列をなしたという。しかし、毎日朝から晩まで鐘を撞く者が後を絶たず、嫌気がさした寺の住職は鐘を井戸の奥深くに沈め埋めてしまった。

「だから今はもう鐘は吊《つ》るされていないのです」

それでも地中からは欲を聞き入れた鐘の音が響き渡っているらしい。

人の欲とはどこまでいっても底なしでございますね、と修験者は口元をほころばせた。

気づけば修験者の手には、小さな鐘が吊り下げられていた。寺の梵鐘《ぼんしょう》をそのまま小さくしたものだ。

「これは、観音寺の鐘そのもの。撞けばどのような願いも叶《かな》えることができまする」

「願い……」

そんなうまい話があるかと鼻で笑いつつ、鐘から目が離せない。

「そういう騙《かた》りで荒稼ぎしているのかい？」

首を横に振る修験者に、勘治は訝《いぶか》しげな目を向けたが、眼を見つめているとすべてがまことのように思えてきた。なにより、勘治は救いが欲しかったのだ。

「こりゃあ、ただの戯言《たわごと》だが、たとえば……憎いやつを目の前から消し去ることもできるのか」

はい、と修験者は即答した。

「その人にとっての富貴とは、つまりおのれを満たしてくれるものでございます。そうとなれば、金にまつわることだけではありませんでしょう。美しくなりたい、病から解放されたい、恨みを晴らしたい、好きなおなごに振り向いてもらいたい。この鐘は、欲の善悪や深さや浅さなど頓着しません。そんな些末《さまつ》なことで、お前さんの欲はちょいと貧相だから叶えてやらないよ、などということは一切ございませんから、ご安心を」

ただし、と修験者は声を潜めた。

「願いと引き換えに、来世は無間地獄へ堕《お》ちまする。それだけではありません。撞いた者の子もまた、今世で地獄を見ることになるでしょう」

「とどのつまり縁坐《えんざ》じゃねえか」

得体の知れない鐘を撞くことが、主殺《しゅうごろ》しや親殺しに並ぶ重罪ということなのだ。

勘治の脳裡《のうり》に、ひとりの娘の顔が浮かんだ。久兵衛の調子がいいときだけ立ち寄ることができる呑み屋《のや》の娘で、あちらも勘治を憎からず思っているようだ。錺簪がよく似合いそうな丸顔はかわいらしく、いずれその娘と所帯を持って子を生《な》して、当たり前の暮らしを夢見ていた。しかし、佐吉のような父を持ち、厠《かわや》へひとりで行けない祖父を抱えるおのれの不遇を思うと、ささやかな夢はヤスリで削られたように先細ってしまうのだ。

勘治は我に返って笑い声をあげた。

「馬鹿なこと言う坊さんだ。うっかり騙りに乗せられるところだった」

煙管は余所へ持っていけと突き返したとき、奥から久兵衛の怒鳴り声が聞こえてきた。厠へ連れていけと叫んでいる。

「また夜にでも出直しましょう。じっくりと思案なさいませ」

修験者は、煙管を勘治に手渡すと錫杖を鳴らして作業場を後にした。

しばらく煙管を見つめていた勘治だったが、はたと久兵衛の様子を見に部屋をのぞいた。布団が空になっている。奥の障子戸が開いており、台所から表の中庭へつながる扉がギイギイと夕闇の中で音を立てていた。

作業場から表に出た勘治は、久兵衛の名を呼びながら新道《しんみち》や路地を歩いた。顔見知りに久兵衛の居場所をたずね、町木戸の番太郎に久兵衛を見かけたら捕まえてくれと頼むと「おめえも毎日大変だなあ」と同情された。

すっかり日が落ちて家に戻ると、裏手にある厠の前に久兵衛が立ち尽くしているではないか。薄い雲が覆う空を見上げている。

こらえていた涙が、勘治の頬を伝った。

ここまで耐えられたのは、久兵衛から教えられた技をなんとか自分のものとし、末は江戸一の錺職人になるという望みがあったからだ。だが、師である久兵衛の老い先は短く、これ以上教えを請うことはできない。

さりとて、ほかの職人たちのように余所の親方の元に弟子入りすることもできない。久兵衛から目を離すことができず、家を空ければ佐吉に仕事道具やら家財道具を奪われてしまうからだ。

佐吉さえ道を踏み外さず、この家と〈久兵衛〉を守ってくれていたら、母は身を売らされ死ぬこともなかったし、久兵衛の世話だって孫の勘治ひとりが背負うこともなかったのだ。

すべては親からの因業だ。

それを断ち切るには、地獄へ堕ちるくらいの覚悟が必要なのだ。

久兵衛を寝かしつけた勘治は、夜遅くまで作業場で修験者を待ち続けた。具足町の拍子木が鳴り終わり錫杖の音が近づいてきたとき、勘治はすでに覚悟を決めていたのである。

姿を見せた修験者は、「人の欲とはいろいろでございますなあ」と独《ひと》り言《ご》ちながら鐘を取り出した。行灯《あんどん》に照らされる修験者の顔はまるで人形のようである。

「これを撞けば、あなたの願いは叶います。ですが、来世では八万四千大劫《だいこう》という終いのない苦しみが待っておりまする」

勘治は唾を飲みこんだ。

「構わねえ。それでも俺は、親父《おやじ》と縁を切りたい」

よろしいとうなずいた修験者は、丁の形の撞木《しゅもく》を勘治に手渡した。

楽しげに子の話をする喜介や、呑み屋の娘の笑顔が浮かんだが、そういうものと引き換えにしても、この身に降りかかる災いの元を断たねばならない。

そういえば、と勘治は鐘を撞く寸前で修験者に問いかけた。

「あんたの名は？」

「十三童子《じゅうさんどうし》。観音寺の鐘を託された者でございます」

「あんたに頼まれた仕事は必ず仕上げる。だが、この鐘が騙りなら、煙管は溶かしちまうから覚悟しろ」

はいはい、と肩をすくめる十三童子を睨み、勘治は鐘を撞いた。

初夏の夜に響く地獄の音色は、まるで風鈴の音のようだと、勘治は思った。

三

味噌汁《みそしる》の匂いで目が覚めた。

昨晩は鐘を撞いた興奮でなかなか寝つけず、夜明けのカッコウの鳴き声を耳にしたことは覚えているが、そこからすぐに眠りに落ちたらしい。

たった半刻《はんとき》ほどの眠りの間に、勘治は暗闇に落下する夢を見ていた。背にびっしょりと汗が滲《にじ》んでいる。

起きて部屋を見渡すと、横で寝ているはずの久兵衛が消えていた。またかと一瞬思ったが、布団が綺麗《きれい》に畳まれている。台所から物音が聞こえた。

久兵衛が物を荒らしているのだろうと障子戸を開けると、板間の床上に据えられた竈の前に、尻端折《しりっぱしょ》りをして火吹竹を吹く久兵衛の姿があったのである。

おどろいて、これは夢の続きかと頬をつねる。竈にかけられた鍋には菜っ葉の味噌汁が温められていた。米の甘い香りまで立ちあがり、まな板の上には刻まれたばかりの漬物が整然と並んでいて、几帳面《きちょうめん》な久兵衛の性格が垣間見《かいまみ》える。

振り返った久兵衛から「いつまで寝てやがんでえ」と叱責され、慌てて中庭の井戸へ駆け出した。首をひねりながら顔を洗い、そっと台所をのぞくと、あいかわらず骸骨のような顔の祖父だが、身のこなしは倒れる前と変わらず敏捷《びんしょう》である。

勘治が願ったのは、佐吉との縁切りであった。

（はて、俺は心の隅っこで、実は祖父さまの病が治るよう願っていたのだろうか）

たしかに鐘を撞く前、わずかだが迷いが生じたのだ。

困惑しながら台所に戻ると、久兵衛にちゃっちゃと食いやがれとどやされた。

久しぶりに久兵衛と向かい合って朝餉《あさげ》を食べると、この二年の鬱屈した心持ちが味噌汁といっしょに胃の腑に落ちていく。

「腹、大丈夫なのか？」

「ふん、なんてこたあねえや。棚に入っていた苦《にげ》え薬を飲んだらイッキに痛みが引きやがった」

と、久兵衛はへこんだままの自分の腹に目をやり、ぼりぼりと漬物を齧《かじ》り飲みこんでいる。

「喜介さんが持ってきたもんだから、てっきりイカサマだと思ってた」

久兵衛はフンと鼻を鳴らし、手早く朝餉を済ませて作業場へ向かった。使い慣れたおし木の前に腰を下ろし、硬い指を台の上に沿わせ埃《ほこり》を拭い去る。

じっくりと道具箱を検分し、すべてのタガネを取り出しずらりと並べた。

「おい、菊坐環《きくざかん》の型はどこへいった」

「……そりゃあ……」

「佐吉の仕業《しわざ》か……ろくでもねえやつだ」

それからも久兵衛は作業場をうろつき、ヤットコやタガネに錆《さび》がついているだの、ヤスリが欠けているだのと忙しく動きまわり、勘治の頭をしたたかに殴りつけた。

床に臥《ふ》す前の久兵衛は、勘治に対して孫だからと手心を加えることは一切なかった。その教えは苛烈を極め、当時作業場に出入りしていた兄弟子から「ここに生まれたのが運の尽きだ」と同情されたものである。

はじめて地金を叩くことを許されたとき、勘治は十三歳だったが、朝起きてから日が暮れるまで休むことなく地金を叩かされた。手に金槌が当たり腫れあがって泣く勘治に向かい、久兵衛は容赦なくげんこつをくらわしてきた。

金槌を平らに下ろすだけのことなのに、厚さが変わったり歪んだりする。すると久兵衛が「目を閉じてできるようになるまでタガネを触るな」と叱咤《しった》するのだ。地金を真っ平らに伸ばすだけの修業に二年以上を費やした。

あのときの辛さは忘れていないが、なぜか今は久兵衛のしごきが心底嬉しい。

「仕事に取りかかる前に道具を整えろ。おめえは性根が軽すぎらあ。だから一向に腕が上がんねえんだよ」

久しぶりに地金を叩く久兵衛は、小気味いい音を立てていく。勘治が出す音とは深みが違う。

それは近所の住人らも気づいたようで、昼過ぎには作業場の外に物見高い連中が押しよせて、久兵衛の仕事を眺めていった。

数日すると、これまで勘治には仕事を持ちこまなかった蒔絵《まきえ》師や表具《ひょうぐ》屋が、品を携えてやってきたのだった。

「なんやかんや言ってもよお、久兵衛の魚々子彫りにかなう職人はいねえんだよなあ」

硯《すずり》入れを持ちこんだ筆墨《ひっぼく》屋の主人が、片肌を脱いだ久兵衛の背を見て上機嫌にうなずいている。

祭りの山車や簪の飾りなどは、派手で見映えさえよければ依頼主が満足してくれる仕事だった。

だが、錺職人久兵衛の仕事は、息を殺して仕上げる繊細な文様の連続で、それを求める客たちは、ようやく久兵衛が作業場に戻ってきたと嬉しそうである。勘治では心もとなかったと、あからさまに口にする客もいた。

「よかったなあ、勘ちゃん。これもおいらが持ってきた信濃屋の万能薬のおかげじゃねえかい？」

腕を怪我した喜介に言われるが早いか、久兵衛は「職人が腕をつかえなくてどうするんでえ」と説教をはじめた。

てめえの息子のせいでこうなったんだと悪態をつかれても、久兵衛は取りあわずにタガネを叩き続ける。

「こりゃあ、百まで死にそうにねえなあ」

ため息交じりに喜介が苦笑いを浮かべた。すると作業場をのぞきこんでいた鍛冶屋の親方が、

「寺の住職に、卒塔婆《そとば》はまだ待ってくれって知らせたほうがよかねえか？」

と叫んだので、野次馬から笑い声があがった。


久兵衛が作業場に座るようになって三日ほどたったころ、勘治は棚にしまっていた十三童子の銀煙管を久兵衛に見せてみた。

久兵衛はしばらく無言のままそれを眺めてからようやく口を押し開いた。

「この煙管なあ、わしに彫らせろ」

自分が受けた仕事を横取りされるなど情けない話だが、手に負えない細工だというのは承知していた。

久兵衛ならば、元の模様よりも優れた錺に仕上げることができるだろう。なにより、これを仕上げていく師匠の技を見たいと思ったのも嘘ではない。

だが、この頑固一徹で弟子や孫の機微など一切頓着しない錺職人は、そう告げた勘治に向かって文句を吐き出した。

「おめえは仕事取られて悔しくねえのか。そんなんだから、指のタコだって鈍《なまく》らなんだ」

「やらねえなら、俺が仕上げる」

「わしが彫るに決まっとる。横からかっさらうなよ」

「まったく、どっちだよ」

そう呆れながら、勘治は自分の薬指の付け根を触った。一方、長らく道具を触っていなかった久兵衛のタコはなくなっている。勘治のほうが硬いはずなのに、久兵衛の仕事に対する熱量はぶれていない。

それからの久兵衛は、朝から日が暮れるまで煙管と向かい合っていた。目玉が飛び出そうなほど煙管を睨み、タガネをこしらえ別の銀の板にそれを当てるが、すぐに納得できないと火にくべてしまう。ここまで細かな細工をする職人にお目にかかったことがないと呻く姿は、どこか楽しげで、挑んでは跳ね返されてまた立ち向かう武者のようであった。

その横で、勘治も自分の仕事をこなしながら、久兵衛のタガネを叩く姿を目に焼きつけた。

祭りを三日後に控えた薄曇りの日、櫛屋に透かし彫りの簪を納めに行くと告げると、「そんな半端な仕事受けるんじゃねえ」とどやされた。それよりも煙管の模様を頭に叩きこめと言う。

「それだけじゃあ食っていけねえだろう」

「食う暇があれば、タガネを打て。その数だけ腕が上がる」

その没頭ぶりは、勘治には解《げ》せないものである。だが、久兵衛が寝こむ前に抱いていた疎ましさはなく、仕事に対する祖父の矜持《きょうじ》が痛いほど勘治に伝わってきた。この二年、ひとりでタガネを打ち続け、祖父に教えを請いたいと強く感じるようになっていたからに違いない。

久兵衛もまた、病に倒れる前とは違う気を纏《まと》っているようだった。以前の久兵衛なら、勘治がタガネを打つときは自分の作業に没頭していたが、今はじっと息を殺して勘治の手元を見つめるようになっていた。

四

祭りの前日は、祭りに参加しない勘治でもそわそわして落ち着かない。じっとしておられず、久しぶりに日暮れから呑み屋へ足を向けた。お燗《かん》番の男が珍しいなあと相好《そうごう》を崩す。奥に向かって「おみよちゃん、勘治が来たぜ」と声を掛けた。

調理場から片襷《かただすき》姿の娘が顔を出す。丸顔の頬がほんのりと赤いのは、頬紅《ほおべに》のせいだけではないだろう。

鐘を撞いてから、もうおみよには会わないでおこうと心に決めていたが、我慢しきれず暖簾《のれん》をくぐってしまった。おう、と戸惑い気味に手を上げて、飯台のすみに腰を掛けた。勘治は下戸《げこ》だから、ここでは飯と煮つけを頼むのが決まり事だ。

「聞いたわよ、勘治さん。親方の調子が急によくなったって。ここに来た喜介さんが、信濃屋さんの薬のおかげだって言いふらしていたわよ」

どうだろうなあ、と勘治は曖昧に首を傾げる。もしかしたら鐘のせいかもしれず、そのあたりがはっきりしないのが気がかりだった。

「前よりしごきがきつくなっちまったよ」

「でも勘治さん、すごく嬉しそう。あたいも……嬉しい」

おみよは白い歯を見せて笑い、まな板に向かう父親にちらと目をやった。おみよの父親もどこか落ち着かぬ面持ちで、勘治と娘のやりとりに耳を傾けている。

若いふたりの仲は、久兵衛と佐吉によって阻まれていた。十七歳になったばかりの娘が職人の女房になり、義理の祖父の世話をし、ならず者の義父からひどい仕打ちにあうなど心配が尽きなかったことだろう。久兵衛さえ元気なら、佐吉も寄りつかなくなる。

おみよと父親は、勘治の色よい言葉を待っているのだ。

勘治はふたりの想いをひしひしと感じ、懐に手を入れた。ひやりと冷たいものが指先に触れた。

(俺は鐘を撞いてしまったんだ)

もし子が生まれてしまったら、家族に災いが降りかかってしまう。そういうものを捨ててまで、勘治は解放されたいと願ったのだ。この期に及んでおみよに添い遂げようなどと口にできるわけがない。

おみよが父親に呼ばれて調理場へ入っていくのを見つめ、そっと店を出ようとした矢先。

鍛治屋の親方が吞み屋に駆けこみ、勘治を見つけて大仰に手を振った。

「早く〈久兵衛〉に戻れ！」

勘治は急いで店を飛び出し、具足町へ駆け戻った。

すでに作業場の周りには、十重二十重《とえはたえ》と人垣ができていた。かき分け中に飛びこむと、道具箱がひっくり返され、竈の中の炭が散らばりくすんだ煙を立てていた。

鍛治屋の女房が、座敷の敷居に腰を下ろし、久兵衛の額の傷を布で拭っている。

悪い予感が当たってしまった。佐吉は久兵衛の快復を知り、再び仕事が多く舞いこみ、地金や金具を取り付ける御道具が集まっていると目算したのだろう。久兵衛が仕上げたばかりの銀の煙管も奪われてしまった。

それだけではない。錺職人の命ともいえるタガネが一本残らずなくなっている。あれは久兵衛自ら長い年月をかけて作りあげた道具だった。

久兵衛は、病がぶり返したような顔で空っぽの道具箱を眺めていた。

「ごめん、祖父さま」

翌朝、作業場の片づけを済ませ遅い朝餉を取りながら、勘治は頭を下げた。

「なんでおめえが謝るんだ」

久兵衛が首を傾げる。

祖父に軽蔑されるのを覚悟のうえで、勘治は鐘を撞いた夜のことを白状した。

「……あいつと縁を切りてえって唱えたが、子が親を切り捨てていいもんかって、どっかで迷いが出ちまったのかもしれねえ」

だから、佐吉は今ものうのうと生きて好き放題し、久兵衛と勘治の暮らしに影を落としている。

「もうすぐ坊主が煙管を取りにやってくる。そんとき、また鐘を撞かせてくれって頼んでみるよ。代わりの煙管も、ちゃんとここに……」

懐の中の煙管を取り出し、久兵衛の前に差し出した。昨晩おみよを前にして決心が揺らいだら、これを握って自らを戒めようと持ち歩いていたものだ。

勘治が作った八寸の銀煙管には魚々子彫りが施され、龍と唐草の毛彫りもしっかりと刻まれている。久兵衛の仕事を眺めながら頭に模様を叩きこみ、ほかの仕事の合間にコツコツと仕上げてきたのだった。このふた月で、勘治の腕は見る間に上達していた。

久兵衛はそれを手に取り、片眼《かため》を閉じて仕上がりを検めていく。

「わしの出来に比べたら、こんなもんは恥ずかしくて客には返せねえ。模様のテンが潰れている場所がある。おめえのせっかちな性分がここにも表れてらあな」

渾身《こんしん》の出来だと自負していただけに、勘治は下唇を嚙《か》みしめる。そう簡単に褒めてくれる久兵衛ではない。

表から長唄が聞こえてきたころ、突然法被《はっぴ》姿の喜介が駆けこんできた。その口から聞かされたのは、思いもよらぬ事態であった。昨夜おそく、佐吉が本所《ほんじょ》で火だるまになって死んだというのだ。

「回向院《えこういん》じゃあ、夜からてんやわんやらしい」

昨夜、回向院あたりを仲間と歩いていた佐吉は、久兵衛から巻き上げた煙管で一服しはじめたという。仲間が盗んだのかと訊《たず》ねると、佐吉は悪びれる様子もなく、これは自ら彫った物だと嘘をついた。すると、突然煙管から火が上がり、佐吉の顔を燃やしてしまったという。

さらに、その火は回向院の壁を伝って敷地《しきち》内の建造物の一部を燃やしたのだ。

そういえば、昨夜遅くまで作業場を片づけていたとき、遠くで半鐘《はんしょう》が鳴っていた。幸い火はボヤ程度で済んだが、佐吉は大やけどを負って、そのまま息を引き取ったとのことだった。罰《ばち》が当たったのだと喜介は深く息を吐いた。

「あいつが死んだ……」

勘治が鐘を撞いたからだ。やはり、鐘の力は偽ものではなかった。

とうとう親を殺してしまった。じかに手を下したわけではないが、きっと鐘の呪いが佐吉の命を奪ったに違いない。こうなる覚悟をしていたはずなのに、なんと自分は恐ろしいことをしでかしたのかと恐怖が勘治を襲っていた。

「亡骸、引き取りに行くかい」

喜介が大川《おおかわ》のほうに向かって顎をしゃくった。体の震えが止まらない勘治が、われに返って立ちあがろうとすると、久兵衛が「行くこたあねえ。もうとっくに縁は切った」と引き留めた。

そして久兵衛は、そのまま腹を押さえながら倒れてしまった。

五

喜介が町医者を呼びに飛び出していったが、町は山車行列を見るために集まってきた見物客でごった返している。

せめて医者が捕まるまで、信濃屋の薬を飲ませようと差し出すと、久兵衛は歯をむき出しにして拒絶した。

「そんなもん、イカサマに決まってるだろうが」

「だって祖父さま、これを飲んでよくなったって言ってたじゃねえか」

「そんなもん飲んでねえよ」

確かに薬包を見れば丸薬は減っていなかった。

喜介は昔から粗忽《そこつ》者で、真偽を見極める目がねえんだと久兵衛がぼやく。

「じゃあ、祖父さまはなんで具合がよくなったんだ」

やはり勘治は鐘を撞いたときに、久兵衛の回復を願ったのだろうか。では佐吉はなぜ不運に見舞われたのか。無間の鐘は、勘治の願いをふたつ同時に叶えてくれたとでもいうのだろうか。

「そこの庇《ひさし》の下を見てみろ」

久兵衛が物干し台に続く戸を指差した。日当たりが悪いので、そこに洗い物を吊ることはめったにないから、勘治は開けたことはない。たてつけの悪い雨戸を引くと、生ぬるい風が部屋に流れこんできた。

「そこに古い風鈴があったんだ」

庇の下をのぞき見ると、確かに釘《くぎ》が突き出ていて、一本の紐《ひも》がだらりと伸びている。

「勘治が撞いたのは、うちの風鈴だ」

「なんだって?」

「だから、おめえの願いは届いちゃいねえ。だって、ただの風鈴だからなあ」

いたずらが上手《うま》くいった子のように、ケケと笑う久兵衛は、しかし腹を押さえ顔をしかめた。

「佐吉に引導を渡したのは、このわしだ。だから安心しろ。おめえは来世はしっかりと極楽へ行ける。あんなごくつぶしのせいで無間地獄なんぞに堕ちるこたあねえんだ」

ようやく身を起こすと、勘治に支えられながらおのれの腹のあたりをさすってみせた。

「この寿命が尽きるまで、腹の石を取り除いてくれと、わしが願って鐘を撞いた」

「ど、どういうこった！」

鐘を撞いたのは勘治ではない。祖父が撞いた。

いつ？　どこで？

「あの役者みてえな坊主がここへ来たとき、わしゃあ奥で聞き耳を立ててた」

体の衰えから物を考えられなくなった久兵衛であったが、調子の良いときは霧が晴れたようにすっきりすることもある。久兵衛が厠へ行こうと目を覚ましたとき、作業場から十三童子と勘治の話し声が聞こえてきたのだ。

「これだけ長く生きていると、小夜の観音寺の噂は方々《ほうぼう》で耳にしたことがある。ありゃあ欲深い人間の来世を無間地獄へ落としちまう非業《ひごう》の鐘だってな」

勘治は性根の優しい孫である。鐘など撞くわけがない。

だが、佐吉のことを許せない勘治が、自らの来世を犠牲にしてまで縁を切ろうとしているのを知った。

「本来なら、わしが佐吉を始末しなけりゃならなかった。手が付けられなくて好き勝手させて、こっちとらとっくに親子の縁など切ったつもりで放っておいたが、おめえにとっちゃあ、親父にゃあ違えねえ。子のおめえが親をどうにかできるわけねえのに」

しかも久兵衛の世話や、錺屋を守ることで疲れきっている。勘治が鐘を撞きたいと思うのも無理からぬことだったのだ。

だから、十三童子が作業場を出ていったあと、久兵衛は裏口から抜け出し後を追ったのである。

十三童子は久兵衛が追ってくることを承知していたように、ゆっくりと御堀へ向かっていた。久兵衛は、おのれに先に鐘を撞かせてくれと頼みこんだ。十三童子は猜疑《さいぎ》の目を向けながら、どういうことかとたずねてくる。

「わしが鐘を撞けば、息子が地獄を見る。おのずと孫の願いも叶えることができ、あいつを無間地獄へ堕とすこともなくなるだろう」

なるほど、と手を叩いた十三童子だったが、それではあなたが無間地獄へ行くことになりますよと眉をひそめた。

「構わねえ。いいから、わしに撞かせろ」

肩をすくめる十三童子は、懐から青銅の鐘と撞木を取り出した。これまで数えきれない彫り物や型物を見てきたが、これほどまでに禍々《まがまが》しいものは珍しい。

「願いはなんでございます？」

「寿命が来るまでの間でいいから、前のようにタガネが打てるようにしてほしい」

「いっそのこと長寿を願えばよいのでは？」

「長生きしても動けなけりゃあ甲斐《かい》がねえ。わしが一生かけて身につけた技を、勘治に叩きこまなけりゃあならねえんだ。そのための時が欲しいだけさ」

久兵衛はじれったそうに撞木を修験者の手から奪い取った。

そうして撞いた鐘の音は、腕から腹の底に響くような重たい音だった。

「――そのあと、おめえには偽の鐘を撞かせてくれと頼んだのさ」

「なんでわざわざ？」

十三童子に作業場に来るなと言えばいい話だ。

「だってよお、もしかしたら、おめえがわしのことをさっさと死なせてくれと頼むかもしれねえだろ。そしたら、わしはてめえでこの命を終わらせてやろうと思ったのよ」

「そんなこと、願うわけねえだろう！」

怒鳴り散らすと、久兵衛は腹に響くと顔をしかめた。

腹の痛みがなくなり、頭もはっきりした久兵衛は、短い間だが勘治に仕事を教えることができたと満足げに呟《つぶや》いた。

「狂ってやがる。そんなことのために、祖父さまは来世を捨てたのかよ」

「わしは錺職人だからな。技をこの世に残す使命がある。半端のままおめえを錺職人にしたとあっちゃあ、江戸大奥御用達《ごようたし》とまで言われたわしの名が廃《すた》るじゃねえか」

にやりと笑う久兵衛である。

祖父の覚悟に呆れると同時に、ここまで錺職に心血を注ぐ姿を突きつけられ、自分はそこまでの職人になれるものかと自信が揺らいだ。久兵衛に息子を切り捨てることへのためらいが一切なかったとは思えないが、最後に祖父が選んだのは技を継いでくれる孫だったのである。

口では勘治に撞かせるわけにはいかないと言いながら、本音はきっと違う。

久兵衛の頭の中は、血のつながりよりも、地金を叩いて身につけた血肉に重きを置いている。そこまでして技を継がねばならないなんて、自分はなんて恐ろしい道を選んでしまったのか。

「あとはなあ、勘治。万が一おめえが日本一の錺職人にしてくれ、なんて願いでもしたら、飛び出しておめえの手を木槌《きづち》でぶっ叩いてやるところだった」

技は地金とタガネを叩く数で決まる。日々励むことを怠るな。先代を超える錺職人になれ。手を抜き楽しようとするなぞ、親を見捨てることよりも罪深い。

久兵衛の言葉は、勘治の体に染みていく。

「腕が上がるよう願うなんて、思いつきもしなかった」

「ふん、少しは考えろってんだ。一生かかっても、おめえはわしにはかなわねえんだからよ」

「言ってることが違うじゃないか。まったくどっちだよ、クソじじい」

こんな大法螺《おおぼら》に巻きこまれ、それでも勘治はこの道で生きていくことを考えている。

「出来の悪い弟子を残して無間地獄行きなんぞ冗談じゃねえや」

こんな下手な細工しかできねえなんてなあと、煙管を指でなぞる。だが、と差しこむ陽に照らしながら、目元をほんの少し垂らして見せた。

「この龍の彫りはおめえらしくていい。粗いがそれが龍の気質に合っている」

はっと顔を上げると、久兵衛は勘治の手のひらをじっと見つめて大きくうなずき、「さすがわしの自慢の孫だ」と言って笑った。

みなさん、ずいぶんと美味そうに煙草をやりますなあ。

お、みなさんも、ようやく錺の良さに気づきましたか。錺彫りはそうたやすく身につけられる技ではなく、勘治も久兵衛を見送ったあと、懸命にタガネを叩き続け、祖父の名跡を継ぎ立派な三代目久兵衛として活躍いたしました。

　この地獄の龍を刻んだ煙管は勘治の手で何本も作られ、評判が評判を呼び、たいそう売れたそうでございます。

　しかも「嘘をついたら火だるまにされる」などという逸話まで囁《ささや》かれるようになりました。面白いもん好きの江戸っ子は、わざと嘘をつきながら煙を吐くので、天保のお直しでは、地獄煙管は規制され、勘治は敲《たた》きの刑にあったそうでございます。

　そういえば、呑み屋のおみよでございますが、久兵衛亡きあと勘治に嫁ぎ、ふたりの男児をもうけました。ですが勘治は我が子を跡継ぎにはしませんでした。息子たちを物作りの因業に関わらせたくなくて、別の道を勧めたそうでございます。〈久兵衛〉は三代で終わるのか、それとも誰かが技を継いでいくのか、それは私にはわかりません。

ところで、佐吉の煙管から火が噴き出たのは、私の仕業ではないかって？

さあ、どうでございましょうか。たしかに煙管が奪われたらしいと知った私は頭にきていましたが。たまたまここに彫られている龍の機嫌が悪かったのではありませんか？

え？　ここにあるものは、勘治が作ったものだろうって？

いいえ、これは佐吉が盗んだ私のもの、二代目久兵衛が手を入れた最後の作でございますよ。ちょっとくすんでいるのは炎のせいでございます。ですから、みなさまも悪事をしでかしたり嘘をついたりすれば、途端に火だるまになりますからご注意を。

おやおや、投げ捨てないでくださいな。みなさん、どんな嘘をついているのですか？

私ばかりに話をさせないで、みなさんもご自身のことをここで話してみてはいかがですか？

そういえば、二代目久兵衛は、まことに嘘つき職人でございました。

久兵衛は、実は鐘を撞いたあと、こんなことをおっしゃったのでございます。

――孫が技を身につけられたら、すぐにわしの寿命を終わらせてくれ。

ふたつも願いを叶えようだなんてなんと強欲なと申せば、あの者は笑っておりました。

孫のことも息子のことも頓着しない嘘つきの頑固職人が、おのれの命に鎊を施した、見事なひと彫りでございました。

黄泉《よもつ》比《ひ》良《ら》坂《さか》の鐘

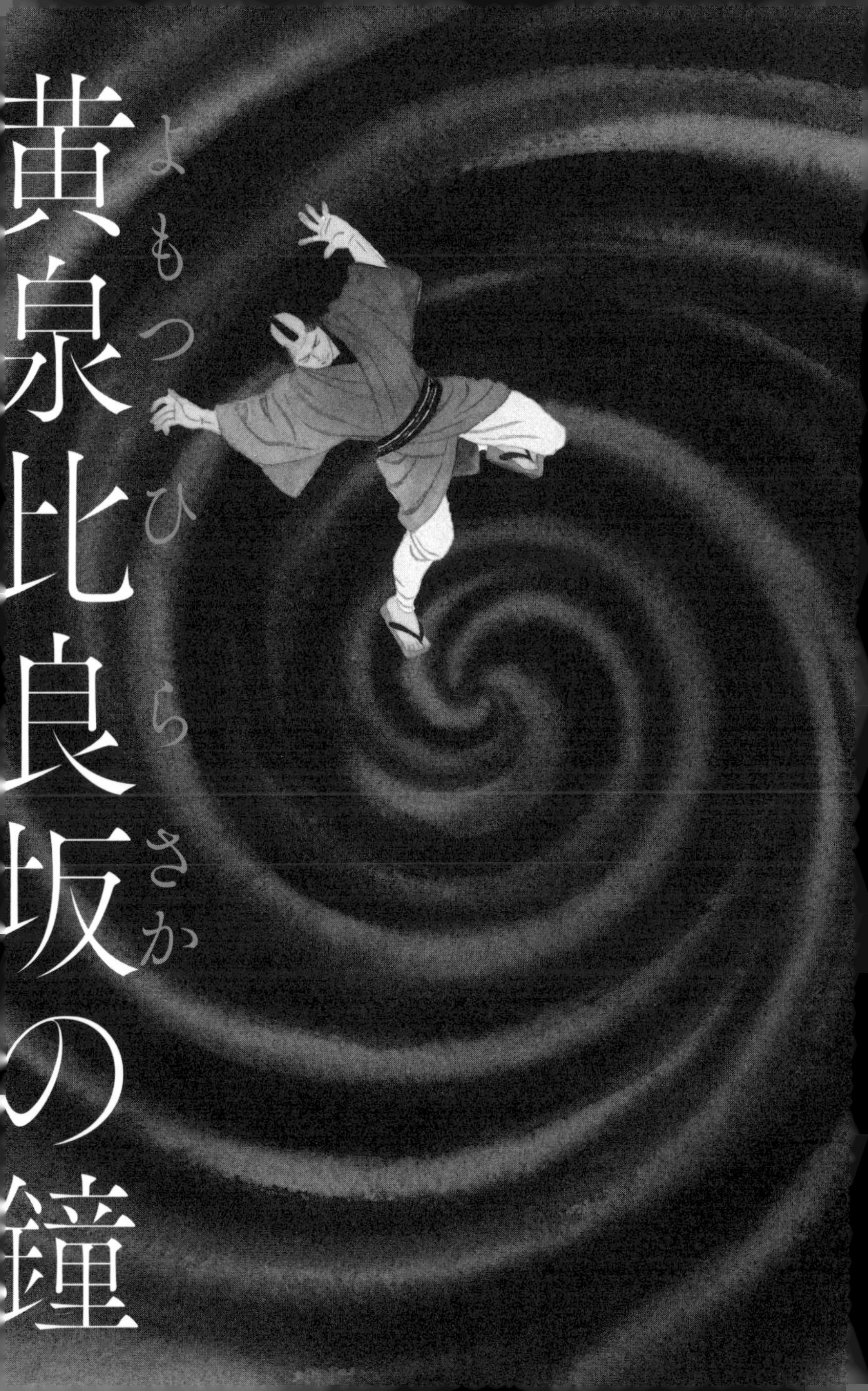

さきほどから、あなた様はずいぶんと私の話を熱心に聞いておりますね。名をお聞きしてもよろしいですか？　清吉《せいきち》さん。日本橋《にほんばし》のお店《たな》で奉公していたけれど、二年前に火事で店が焼けてしまったと。ようやく船の仕事にありつき、難破した船に乗り合わせたのでございますか。ほう、廻船《かいせん》問屋和泉屋《いずみや》さんの……。耳にしたことがございますなあ。大黒屋《だいこくや》と並び称される江戸でも指折りの大店《おおだな》でございます。

たしかに上野《うえの》の騒乱が収まって十ヵ月ほど経《た》ちますが、仕事にあぶれ難儀する者も多ございます。各地では新政府と幕府の残党が小競りあいを続けておりますから、船乗りも気が休まりませんねえ。

清吉さんはあの彰義隊《しょうぎたい》の「引っ張り出され隊」でございましたか。ははあ、すぐに命が惜しくなり隊を脱して、和泉屋の世話になることに。たしかに、お子が生まれたばかりならば、みすみす命を捨てるなんぞ愚かしいことでございます。賢明でございました。だって、あの上野戦争は、たった半日で雌雄が決したというではありませんか。彰義隊に与《くみ》した若者の多くは異国の大砲で討たれましたが、残党の一部は蝦夷《えぞ》へ逃げておるそうでございますなあ。

聞き忘れておりましたが、みなさまの船はどちらへ参られる予定で？　おや、どういたしました。急に口が重たくなったようですねえ。

ん？　清吉さんの足元に、かわいらしい小袋が落ちておりますよ。奥様が航行の無事を願い渡された大事なお守りでございましょう？　いえ、知っているわけではなく、そうであろうなあと思っただけでございますよ。

江戸に残る清吉さんのお子はいくつで？　まだふたつの娘さんでございますか。そりゃあかわいい盛りです。ほかの方々もお子がいらっしゃるのでは？　そちらの方は、いたずら盛りの七歳の男の子。そちらは、娘さんがすでに嫁がれ、なんと孫が生まれたばかり。世は変われども、赤子が祝福をうけてこの世に生まれくることは、露いささかも変わりようがありませんなあ。

それを思うと、戦場で死んでいく若者だって、かつては真っ赤な顔で泣いて乳を吸っていたのでございますのに、母親が息子の哀れな最期を知れば、どれほど悲しむことでしょう。

清吉さん、ひとつおききしたいのですが、あなたの娘さんは父上、母上、どちら似でございますか？　そうでございますか。あなたに似たところは？　眉の長さでございますか。それは似ている範疇《はんちゅう》に入るのでしょうか。

そういえば、あるお殿様の噂話《うわさばなし》ですがね。なかなかお子ができないからと、側室を何人も囲ったそうです。そしてようやくお子ができました。その子が跡目を継ぎ、優れた名君として国を栄えさせました。

ずいぶんと時が経ち、すでに仏門に入っていた名君の御母堂が、死の間際に息子にある告白をいたしました。

それを聞いた名君は、側に控えていた御典医のお匙《さじ》と侍女を手討ちにしたそうでございます。

さて、御母堂は息子に何を告白したのでございましょうなあ。

一

長い坂道を下ると、道は二股にわかれる。大きな岩を境にして、右に行けば五善寺《ごぜんじ》。左に行けば堀田《ほった》村落だ。その先は奥州街道に行きあたり、南に二十里もいけば千住《せんじゅ》宿である。

堀田村は周囲を小高い山に囲まれた平地にあった。河川の支流が周囲を流れているが、火山灰が堆積するこのあたりは水はけもよく土は肥えている。数年前、この一帯はひどい水害に見舞われたが、ようやく田畑は作物を蓄えられるまでに回復した。

隆起した台地に延びる坂から一望できる村には田圃《たんぼ》が広がり、小さな茅葺《かやぶ》きの家々がぽつりぽつりと点在していた。

鳶《とび》が空を切り裂くように飛んでいく。

平太《へいた》は田植えの時期の村が好きだった。まだ水が張られたばかりの水田は、鏡のように空の雲を映して美しい。風が流れると水面が揺れて、村全体がゆらりと揺れるのだ。

ふと足をとめて振りかえると、父の時蔵《ときぞう》がゆっくりと坂を下りてくる。

「おっとう、急がないと始まっちゃうよ！」

平太が声をあげると、時蔵は軽くうなずいただけで足を早めることはなかった。

田植えは村総出の作業である。子も年寄りも駆り出され、晴天の空の下で一斉に苗を植えていくのだ。

時蔵は、堀田村の丘陵地にある森の中に小屋を構えて猟を業《なりわい》としている。めったに麓に下りることのない時蔵だが、この時期は結《ゆい》仲間の家々を回って田植えに精を出した。

平太の目当ては作業の合間にふるまわれる握り飯だ。ふだんは米を喰《く》うなど叶《かな》わぬことだが、田植えのこの時期だけはわずかだが白米を口にできる。

筵《むしろ》の上に並んだ握り飯と煮物は、村の女衆が拵《こしら》えたもので、泥だらけの男衆が奪い合うように取っていく。時蔵はみんなから少し離れた畔《あぜ》で寝転がっていた。麓に下りない暮らしのため、時蔵は人と群れることがない。平太の母、イヨが生きていたころは、麓の女衆が坂を上ってきて、狩猟小屋で姦《かしま》しくおしゃべりをしていったものである。時蔵と平太ふたりきりになった小屋にやってくるのは、動物の臓物を買い取りに来る薬の行商人くらいになってしまった。

イヨは三年前の春、「片眼《かため》」とあだ名される山犬に咬《か》まれ、それが元で一年後に命を落としてしまった。笑うとお天道様《てんとさま》のように明るい人だった。時蔵と口喧嘩《くちげんか》をすることも多かったが、平太が覚えているイヨはいつも笑顔だ。だから余計に、時蔵とふたりの暮らしは息苦しいときがある。

「ほら平ちゃん、たんと食べなよ」

所在なげにうろつく平太に声をかけてくれたのは、タツというふっくらとした体軀《たいく》の女房である。

「そんなに細い体で、時蔵さんはちゃんと食わせてくれているかい？　やっぱり男手だけじゃあ気もまわらないだろうし。平ちゃんが可哀《かわい》そうだねえ」

タツは寝転がる時蔵に目をやり、仕方ないとばかり苦笑いを浮かべた。お節介でなにかと「可哀そうだねえ」が口癖のこの女が、平太は少し苦手だった。

「こんど、耕吉《こうきち》にあんころ餅もっていかせるからね。たんと食べておっきくなるんだよ」

平太は楡《にれ》の木陰に腰を下ろし、握り飯にかぶりついた。からりと乾いた風が平太の顔を撫《な》でていく。梢《こずえ》がしなり葉がこすれ合う音に耳を傾けていると、風に乗ってタツの声が聞こえてきた。

耕吉が、弟妹の子守を怠けて遊びほうけていたらしく、タツがげんこつをくらわせている。耕吉とは五善寺の寺子屋でしょっちゅう顔を合わせるが、折に触れ平太を目の敵にしてくる嫌なやつだ。

「平ちゃんを見習いな。母ちゃんいなくても、家のことをしっかりやっているんだってさ」

「平太平太うるせえんだよお。獣喰いでクセエやつと比べんじゃねえよお」

母に向かって口ごたえする耕吉は、そのうちぷいとどこかへ走り去っていった。

(あいつは十歳になってもガキんちょのままだな)

かつて平太と耕吉は、五善寺や麓の畔で遊びまわった仲だった。しかしイヨが死んで平太が家の手伝いをするようになってから、母に甘える耕吉の幼さが鼻に付くようになった。

平太は手のひらについた米粒を舌で舐《な》めた。汗のしょっぱさと合わさって、口の中に強い塩味が染みわたる。

気怠《けだる》い午下《ひるさ》がりに膨れた腹を抱えれば眠くなる。大きく欠伸《あくび》をして目を閉じると、突然頭上からばらばらと木の芽が降ってきた。驚いて振り仰ぐと、いつのまにか耕吉ら村の子が木によじ登り、枝を大きく揺さぶっていた。

「鬼の手下が米粒舐めてらあ」

ほらまたはじまった。平太はうんざりして耕吉を睨《にら》みつける。

「あの坂の上には、化け物が住んでいるんだってよお。獣の皮を剝いで、臓物を引っ張りだして煮て喰ってんだ」

「そういえばおいら見たことがある。鬼瓦みてえな面の臓物屋が、おっかねえ顔で山登っていくの」

「そりゃあ黄泉《よみ》の使いだ！」

耕吉はそう言いながら、さらに木を揺さぶった。

五善寺の玄徳《げんとく》和尚が、「黄泉比良坂《よもつひらさか》」の神話を話してくれたことがある。

男神イザナギが、妻の女神イザナミの死を悲しみ、黄泉の国へ迎えに行く話だった。

イザナギは、再会したイザナミから、神の許しを得るまで、決して自分の姿を見てはならないと念を押された。だが我慢のできなかったイザナギは、暗闇に火をともして妻の顔を見てしまう。その顔は醜く腐っていた。約束を守らなかったことを激怒したイザナミは、鬼女や雷神を夫に差し向けたが、イザナギはどうにか黄泉比良坂まで逃げおおせたという。

この話に出てきた黄泉比良坂が、二股の坂によく似ていると言い出したのは、耕吉だった。

耕吉の悪口にはもう飽き飽きだ。はじめのころは平太もむきになって言い返していたが、次第に馬鹿らしくなって相手にしなくなったのだ。それがいけなかったのか、耕吉のいじくりはさらにひどくなっている。

「獣食いは臓物の臭いがするぞ」

耕吉の雑言に、とうとう平太は我慢ができなくなり、足元にあった石を耕吉に向かって力任せに投げつけた。石は耕吉の額に命中した。胸がすっとしたが、すぐに耕吉が木から飛びおりて、平太を地面に叩《たた》きつける。取っ組み合いが始まると、木の上の三人が囃《はや》したて、木が大きくしなった。

やがてタツが駆けてきて耕吉を引きはがすまで、平太は一方的に殴られ続けたのである。

田植えの作業が再開すると、寝ていた時蔵ものっそりと立ちあがり、田圃に入っていった。子らは稲苗を運ぶ役目である。さすがに耕吉はちょっかいをかけてこなかったが、わざとらしく鼻の穴を広げてみせるので、平太は畔にいたアオガエルを摘まんで、耕吉の背中に放りこんでやった。


麓の田植えが終わると、時蔵は山へ猟に出かける。主な獲物は、麓の田畑を食い荒らす猪《いのしし》や鹿である。たまに熊が出れば、幾日も山に籠もって帰ってこない。冬の狩猟は銃で仕留めるのがもっぱらだが、雪が消えると山のあちこちに罠《わな》を仕掛けていた。

朝起きるとすぐに、小屋の周りに仕掛けた罠を確かめにいくのが平太の役目で、そのあと鶏に餌をやり、卵を集めてようやく時蔵とふたりで朝餉《あさげ》をとった。

この日は朝から時蔵がしょいこに編みたての負縄《おいなわ》をかけていた。

「おっとう、今日は江府《えふ》まで行くのか？」

時蔵は月に一度江戸の麹町《こうじまち》まで足を延ばして肉を売りにいく。

「日が暮れたら外へは出るな。戸に心張棒《しんばりぼう》をかけておけ。片眼に出くわしたらおしまいだからな」

平太は茶飯をすすりながら、憮然《ぶぜん》と言い返した。

「おいらは猟師の子だ。犬なんぞ怖くねえよ」

早く猟を教えてほしいとぼやいたことがあるが、十歳を迎えてもいまだに猟へ連れていってはくれない。

父といっしょに平太も小屋を出た。坂を下って辻《つじ》にさしかかると、時蔵は無言のまま麓へ下っていった。平太は五善寺へ歩を進めるが、足取りは重い。沢に石でも拾いに行こうかと思ったが、坂を下る時蔵が振り返ってこちらを見てくるので、仕方なく辻を右に折れて寺へ向かうことにした。

しばらく行けば、お堂の甍《いらか》が見えてくる。幾人かの旅僧とすれ違いそのまま脇をすり抜けようとすると、旅僧のひとりが居丈高に舌打ちをした。道を譲れと顎をしゃくるので、跳ねるように茂みによける。旅僧から酒の臭いがした。

（なんでえ、威張り散らしやがって。生臭坊主め）

平太が暮らす小屋と麓の間に位置する五善寺は、東照大権現縁《とうしょうだいごんげんゆかり》の寺院として奥州街道を行く修験僧らが立ち寄る宿坊にもなっていた。

「ようきたのお、平太。怠けずに来るとは感心、感心」

山内に入ると鐘堂《しょうどう》の前で玄徳が手のひらをひらひらと揺らして手招きしている。旅僧を見送ったあとなのだろう。

平太があからさまに顔をしかめたので、玄徳も同じように眉を寄せて「にらめっこかな」と笑った。

お堂から耕吉の騒ぎ立てる声が聞こえてくる。五善寺では村の子らを集めて説法をし、ときに和尚自ら読み書きを指南してくれるが、平太は三度のうち二度は怠けていた。

平太が五善寺を嫌うわけはふたつあった。ひとつは言わずもがな、耕吉ら意地の悪い連中と顔を合わせたくないこと。

いまひとつは、お堂を入って脇正面にある二幅の巨大な掛け軸である。

左には「九相図《くそうず》」、右には「地獄絵図」。

いずれも眼《め》を覆いたくなるほど恐ろしい肉筆画だ。

九相図は、人が朽ちるまでを描いた仏教画である。死んだ女性《にょしょう》が徐々に膨らみ腐り、やがて獣に喰われて骨になるまでを、九つの絵に表したおぞましい代物だ。

地獄絵図は、死したあと罪を犯した人が落ちる八つの地獄が描かれている。熱鉄の上で焼かれたり、石山に挟まれたり鬼に大鍋に投げ込まれたりする絵図は、毎夜夢に出てくるほど不気味で恐ろしい。

寺子屋に通う村の習い子たちは、悪さをすると、親にこの絵の前に引きずり出され、嘘《うそ》をつけば舌を抜かれる、約束を守らなければ炎に身を焼かれると説教されるのだ。

平太は目を逸《そ》らして掛け軸の前を過ぎようとしたが、怖いもの見たさで顔をあげてしまった。真っ赤な焔《ほのお》の中にくりぬかれた闇に落ちていく罪人の姿が飛びこんでくる。

「これは無間地獄《むげんじごく》を描いたものだ」

玄徳が平太の背後から囁《ささや》いた。

「おっしょさん、この罪人はどこへ落ちていくの?」

「わからぬ。ただ、二千という年をかけて落ち続けた先には、また別の地獄が待っているそうだ。その苦しみは、ほかの地獄がまるで極楽だと感じるほどらしい。恐ろしくて震えてしまうのお」

平太は顔を覆った指のあいだから、さかさまに落ちる人の姿を見つめた。その顔は後ろを向いているので、表情まではわからない。玄徳は最も恐ろしい地獄だというが、ほかの地獄は針山に体を貫かれたり焼かれたりとわかりやすい罰である。この逆さに落ちているものは、八つの地獄の中では最も楽な罰に思えた。

この日は、お堂でいくつか文字を諳《そら》んじたあと、玄徳が唱える子守歌のような『童子教《どうじきょう》』を聞いて稽古は終わった。寺を出て村落の子どもたちが麓へ降りていくのを見送ると、平太は辻を曲がって坂を上っていった。のんびりと茂みの草を手折りながら行く。振り返って麓を眺めたとき、平太は口を硬く結んだ。

視線の先に、迎えにきたタツに駆けていく耕吉の姿が見えた。

二

田圃に広がる青い稲がぐんと伸びはじめると、夏の日差しをうけた濃い緑が村々を覆っていく。山の木々も色を深めて大いに茂り、坂道のそばを流れる沢は夏日を受けて勢いよく流れていた。

寺の山内に、大きな樫《かし》の木が連なる特別な場所がある。中でもひときわ大きな樫の木の根元に、丸い小さな石が積まれていた。イヨの眠る墓である。

時蔵はちかごろ山に籠もることが多く、今日は平太ひとりで参るよう言われていた。石に向かって話しかけたところで母が返事をしてくれるわけでもないが、この二年毎月欠かさず手を合わせている。

時蔵が山に入ることが多くなったのは、「片眼」を捕らえるためだろう。イヨが片眼に襲われた原因が、自分にあると今も責めている。

はじめに襲われたのは、平太だった。小屋の前で体の泥を落としているとき、片眼から血を流す山犬が突然襲いかかってきたのだ。あとで知ったことだが、その少し前に時蔵が山で山犬に出くわし、鎌で左目を斬りつけて難を逃れていた。

興奮状態にある山犬が平太に覆いかぶさるのを見たイヨが、とっさに平太をかばって咬まれてしまったのだ。

犬にやられると厄介だと時蔵から聞かされていた。へたをすると命を落とすようなひどい有《あ》り様《さま》になることもある。

片眼に腿《もも》を嚙《か》まれたイヨが息を引き取るまでの一年あまり、平太は毎日枕元で恢復《かいふく》を願ったが、最期にイヨの息は風が消えるようにぴたりと止《や》んで、そのまま平太の名を呼ぶこともなく死んでしまった。父が泣く姿を見たのは初めてで、母の死よりも衝撃だった。

もともと口数の少ない時蔵だったが、イヨの死を経てさらに寡黙になり、平太が寺子屋での出来事を面白おかしく話しても、ぼんやりとうなずくだけで、おのずと平太の口数も減っていった。

イヨが死んでから家の中は音が消え、風の音だけが耳に届き、それは山が泣いているように聞こえてくるのだった。

袖で涙をぬぐい、踵《きびす》を返《かえ》す。

と、しゃらしゃらと空気を震わす音がした。風が転がるような音である。

樫の木が大きく軋《きし》み、濃い緑の葉が一斉に揺れて平太の立つ場所に影を作った。振り仰ぐと、いつの間にか、ひとりの若い男が平太の背に張りつくほど近く立ち、首を反らして見上げる平太の顔を真上から見おろしている。

「わっ！」

驚いてひっくり返った平太に、男がしゃがんで手を差し伸べる。

「驚かせてすみません。あなたが泣いている気がしたので」

男はそう言うと、平太の頭に乗った葉を摘まんで、ふうと吹いて飛ばした。五善寺に立ちよった旅僧であろう。白い装束は、寺で見せてもらった絵双紙に描かれた天狗《てんぐ》に似ている。ただ、天狗は大きな長い鼻にいかめしい顔つきだったが、この男はすっと伸びた綺麗《きれい》な鼻筋をもち、子どもの平太が見てもため息が漏れる容貌だった。

「泣いてなんかねえ。砂が目に入っただけじゃ」

垂れてくる洟《はな》をすする。男は目を細めて軽くうなずいただけで、すぐにその目をイヨの墓石に移した。

「どちらのご供養を？」

「……おっかあ」

「左様でございますか。あなた様を遺《のこ》し逝かれるのは、さぞかしご無念であったでしょうなあ」

男は長い杖《つえ》を平太に託し、手を合わせ、しばし目を閉じていた。風の音だと思ったのが、この錫杖《しゃくじょう》の先にある銀細工から聞こえるものだと知った。

「お寺に泊まっているの？」

「一夜の宿を借りようと立ち寄るところでございました。私は十三童子《じゅうさんどうし》と申す旅僧でございます」

そう名乗った男は笈《おい》を下ろし、腰をトンと叩くと大きく伸びをした。

「あなたの名は？」

小声で平太、と告げる。知らない大人と話をするなと時蔵に言われていたのを思い出したが、十三童子は人さらいには見えなかった。腕っぷしも弱そうだし、悪さを仕掛けてきたら走って逃げればいい。なによりこの男への好奇心が勝ってしまった。

「……いろんなところを旅しているの？」

「はい。北は蝦夷、南は八丈島《はちじょうじま》、西は阿蘇《あそ》。もっと遠くまで行っておりますが、数え上げたらきりがない」

「まだ家には帰らないの？　あとどれくらい旅をするの？」

質問攻めの平太に対し、十三童子は面倒くさがらず応えてくれる。

「さあて。私にも見当がつきませんが、この世から欲がなくなるまででございましょうか」

そして十三童子は、「欲なんて言っても、わかりませんよねえ」と目を細めた。

「願いごとってことじゃろ」

「まあ、有り体にいえばそうでございますなあ。金持ちになりたい、将軍になりたい、罪を消したい、美しくなりたい。形はいろいろでございますが、心の底から願うことにはちがいありません。私は欲を叶えようとする者の背を、ほんの少しだけ押す役目を負っているのです」

平太の胸の奥に、風が強く吹いた気がした。

「じゃあ、おっかあに会いたいってのは？」

はて、と十三童子は首を傾《かし》げた。

「人に会いたいのも欲に相違ありませんが……」

「じゃあ、おいらの欲も叶えておくれ」

「亡くなられているのでしょう？」

「昔の神さまは、死んだ女房を連れ戻しにいったじゃないか。神さまばっかりずるい。おいらだって、おっかあにもう一度会いたいんじゃ」

「ですが、それはこの世の道理に反することではありませんか？」

「人を殺《あや》めたり、騙《だま》したりすることのほうが悪いことじゃろ。おいらはただおっかあにもう一度会いたいんじゃ。そりゃあ、そんなに悪い願いかい？」

十三童子が目をまるくして平太を見つめた。

ここで手を合わせたって、イヨの声は聞こえない。時蔵だって口では何も言わないがイヨに会いたいはずだ。平太が、もういちど母に会いたいと口にするとき、時蔵は苦しそうに首を振る。

樫の木から注ぐ木漏れ日を受け立ち尽くしていた十三童子だったが、おもむろに笈《おい》に手を伸ばし、幾度か指先をさまよわせてから、ひとつの鐘を取りだした。

「無間《むげん》の鐘」

「むげん……」

平太は十三童子の手に乗せられた小さな青銅色の鐘をまじまじと見つめた。五善寺は時を知らせる鐘があるが、それによく似た形をしていた。初夏の日影を受け、美しい光を放っている。

「これを撞《つ》けば、平太殿の欲は叶います。ですが大きな代償を払わねばなりません。無間の鐘を撞いた者は、死したのち無間地獄に堕《お》ちまする」

無間地獄という言葉に聞き覚えがあった。お堂にかかっている地獄絵図の中で、真っ暗な穴に落下していく責めである。

「それだけではありません。いずれ平太殿に子ができるやもしれませぬが、それもまた、今生で地獄に堕ちまする」

「どういうこと？」

「あなたの子は、おのれの罪悪なく親の因業によって苦しむことになるのです」

「そんなのひどい」

「そうでしょうか。欲というものを、この世の道理に反して自ら引き寄せるのです。それくらいの犠牲はやむを得ないのではありませんか？　あなたがおっかさんに会いたいという願いは、ほかの何をも失っても構わないものではないのですか？」

たしかに、平太はイヨに会えればほかに何もいらない。いずれ子ができるとしても、そんなのは遠い末のことでよくわからないし、無間地獄という責めだって、地獄絵図を見る限り痛そうではなかった。落ちるだけの罪など大したことではないだろう。

十三童子は丁の形をした撞木《しゅもく》を取りだして、平太が手にする錫杖と入れ替えるように手渡してきた。

「すべての責を負う覚悟があるなら、撞きなされ」

唾を飲みこむ音が、十三童子にも聞こえたかもしれない。

風が強く吹いて、樫の木がざざと音を立てる。イヨが会いたいと囁いているようだった。

三

鐘を撞いたあと、しばらく平太は落ち着かない心持ちで過ごしていたが、イヨが生き返る気配はなかった。墓にも毎日通ったが、墓石はピクリとも動いていない。ひと月がたち、夏の湿った風が青い稲穂を撫ぜはじめたころには、平太はすっかり鐘のことを忘れてしまった。

その日も平太は、寺に届ける卵を抱えて坂を下っていた。しばらくいくと、五善寺の小道から登ってくる人影が見えた。手甲《てっこう》に脚絆《きゃはん》を身に着け、杖と笠《かさ》を手にした扮装《なり》から旅の女だとわかる。近づいてくるその姿をしっかりとらえたのは、二股の辻に差し掛かり、大岩の陰を抜けたときだった。

汗を拭いながら登ってくるその女の顔を見て、平太は「あっ」と声をあげた。

その人は、平太が待ちわびたイヨに違いなかった。卵を投げすて駆けていく。

だがイヨのほうは、平太を見ても首を傾げるばかりだ。もどかしくなり、平太はイヨの腕をぐっと摑《つか》んだ。

「おっかあ、おいら、平太じゃ。平太じゃあ！」

「……へいた？」

イヨは目を見開き、あたりを見まわして、また平太の顔をじっと見つめた。

「おっかあ、まっこと生き返ったんじゃ！」

平太は思わずイヨに抱きついた。そしてイヨの後ろに鬼が追いかけてきていないか確かめた。ここでイヨの手を離したら黄泉へ帰ってしまうかもしれない。玄徳が語ったような恐ろしい別れにならないために、平太はイヨをしっかりと小屋に連れて帰らねばならない。

「もうどこにもいかねえじゃろ？　これからもいっしょに暮らしてくれるじゃろ？」

平太が強く手を握りすぎて、イヨは顔をしかめた。手を緩めると、こんどはイヨが強く手を握り返してくれる。

イヨの手は震えていた。戸惑いのような、よそよそしさを感じさせる手の温《ぬく》もりに、平太はイヨの孤独を思った。ずっとひとりぼっちで寂しかったのだ。平太はこの先ずっと、イヨを守っていこうと心に決めたのである。

手をつないで坂を上る間、平太は止むことなくしゃべり続けた。時蔵が仕掛けた罠で、大きな猪を捕まえたこと、鶏が増えて卵がたくさん採れるようになったこと。とくに、半年ほど前の雷のひどい日に、烏《からす》が屋根に落ちてきて大きな穴が開いて大騒ぎになったと話すと、イヨは口元を覆って笑ってくれた。

生前のイヨは、もっと背が高かった気がした。イヨは「平ちゃんが大きくなったのよ」と微笑《ほほえ》んだ。うれしさで駆け出したかったが、坂の途中で母の手を離すわけにはいかない。小屋の前には、壊れた箱罠がいくつも並べられていた。物干しに括罠《くくりわな》もぶら下がっている。

「おっとう、おっとう！　おっかあが帰ってきた。おいら、お願いしたんだ。約束通り、おっかあが生き返ったんじゃ！」

平太はイヨの手を強くひき小屋に駆けていった。裏の井戸で顔を洗っていた時蔵が、うるさいとぼやきながら姿を見せたが、平太の手につながれているイヨを見て、「え」と小さく声を上げ、その場で立ち尽くしてしまった。

「……時蔵さん。お久しぶりです」

イヨがかしこまって頭を下げる。

「夫婦なのに、へんなの！」

二年も会っていないと他人行儀になるらしい。

「なんで……ここに」

「二股の辻で会ったんだ。またいっしょに暮らしてくれるって！　もうどこにもいかないって約束してくれた！」

平太がイヨに抱き着くと、イヨはそっと頭を撫でてくれた。

「平太、少しふたりで話をさせてくれ」

仲間外れにされるようで嫌だったが、時蔵にひと睨みされ、しぶしぶイヨの手を離した。ふたりが家の中で話をしている間、平太は括罠の麻紐《あさひも》を結びなおして待つことにした。やがてイヨが片肩に襷《たすき》をかけて平太の名を呼び、竈《かまど》の火を熾《お》こすのを手伝ってほしいと手招きした。

時蔵は囲炉裏《いろり》の炭を火箸でかき回しながら、土間で立ち働くイヨの後ろ姿を見つめている。

その夜は、久しぶりにイヨが飯をつくり、三人で囲炉裏を囲んだ。時蔵は黙って酒を呑《の》んでいたが、イヨが話しかければ返事をし、平太が小便をしに表へ出て戻ってくると、ぎこちなくではあるがふたりは言葉を交わすようになっていた。

夜は蚊帳《かや》の中で枕を並べて眠ることになった。気が昂《たかぶ》り寝られるわけがないと思ったが、イヨの子守歌を聞いているうちに、平太は深い眠りに落ちてしまった。


イヨの声で目覚めた平太は、そこに母がいるのを確かめ、安堵《あんど》の息をついた。昨日の出来事がすべて夢だった、という夢を見たのだ。ひどく汗をかいているが、小屋に吹き込む風がほてった体を冷やしていく。日はずいぶんと高くなっていた。

「あっ！　おっとうにげんこつくらっちまう！」

慌てて蚊帳から飛びだすと、時蔵はとっくに山に入っていったとイヨに笑われてしまった。

「そんなに時蔵さんはおっかないの？」

イヨが茶碗《ちゃわん》に飯をよそいながら、少しだけ眉根を寄せる。ふだんは不味《まず》いかてゝ飯も、イヨから漂う香りとあいまってとんでもなく美味《うま》そうだ。飯を口に掻《か》きこみながら、平太は何度もうなずいた。

「おっかあがいなくなって、ずうっと怖い顔してる」

「そう……」

「でも、もう大丈夫じゃ。おっかあさえいてくれたら、おいらほかにはなにもいらねえ」

時蔵だって昔のように穏やかな顔で笑うようになるはずだ。

それから平太は一日中イヨについて回った。洗濯をする白い手を眺め、鼻歌を歌って漬物をしこむ脇でいっしょに歌い、鶏の世話をするイヨの覚束《おぼつか》ない動きに笑い声をあげた。

「そうだ、おっかあ。おいらが作った兎《うさぎ》の仕掛けを見ておくれ」

「ちょっと怖いわ」

「なに言ってるんじゃ。昔はいっしょに見に行ったじゃろ」

いやがるイヨを連れて茂みに仕掛けた箱罠をのぞくと、錘《おもり》の石が外れてふたが閉まっていた。開けてみるとアオダイショウがにゅるりと出てきたので、イヨがおおげさな悲鳴を上げ、平太の後ろに隠れてしまった。こんな表情も、平太には嬉《うれ》しくてしかたない。

タツといっしょにいる耕吉をうらやましく思うのは、本物の母親に叱られたり、抱きつくことができることへの強い嫉妬ゆえだった。

それからふたりで木の実や茸《きのこ》をもぎながら、半刻《はんとき》ほど獣道を歩いていった。日が差しこむ開けた野に出ると、イヨは「少し休ませてちょうだい」と言って、芝に寝転がった。千切れ千切れの雲が風に流されていく。それはやがて大きな塊になって、平太たちの上に影をつくった。

イヨの横顔を見ると、少し低い鼻筋に汗の粒が光っていた。その胸に抱きつきたい気持ちをぐっと抑えた。もう平太は十歳だから。

四

イヨと離れがたくしばらく五善寺へ通わずにいたら、さすがに時蔵からげんこつをくらわされた。しぶしぶこの日は寺へ出かけていったが、不思議と耕吉の悪口が気にならなかった。もう自分には母がいる。それを口に出せないことが残念だが、心の中は温かく、耕吉の嫌みなど気にならなくなったのだ。

イヨのことを決して外に漏らしてはならないと、時蔵から念を押されていた。死人が生き返ったと知れたら大事になるからだろう。

手習いが終わって下足場で草履を履いていると、玄徳に引き留められた。

「とんと顔を出さぬから体でも悪くしたかと心配していたが。元気そうでなによりじゃ。むしろ頬がまあるくなっておる」

「そりゃあ腹いっぱい食ってるもん。毎日おっかあの作る飯がおいしくて……」

つるりと口が滑り、慌てて平太は口に手をあてた。玄徳が髭《ひげ》を撫でながら思案顔を浮かべたが、すぐに裏山の片眼の話に話題が移りほっとした。

今年は春から作物の生《な》りが良く、土が肥え数年ぶりに米の豊作を予感させる年である。おのずと小動物も活動的になり、それを狙う山犬が頻繁に姿を見せるようになったのだ。先日も、麓の鶏小屋が襲われた。

畑仕事の合間に村の男衆も山に入って片眼退治を試みるも、人の気配を察して姿を見せないという。

「あいつは決して負ける戦いはしない。だが、こっちがひとりなら姿を見せる」

時蔵はそう言うと、いつもひとりで山に入っていく。イヨの仇《かたき》である。たまに山に入ったきり、数日小屋に戻ってこないときもあった。

そんなとき、平太は男だから平気だと強がっているが、本心は、小屋に片眼が現れたらとか、時蔵までも餌食になって死んだらなどと考えて、布団の中で泣いているのだ。

でも今はイヨがいる。今度こそ平太がイヨを守るのだ、そう思えば自然と心も強くなる気がした。

早く小屋に帰りたくて気もそぞろになる平太だったが、ふと、住職の背後に見える地獄絵図が目に入った。

「ねえ、おっしょさん。この地獄の絵……穴に落下していく無間地獄の先は、なにがあるんじゃ？」

なぜそんなことを聞くのかと首を傾げる玄徳に、平太は口ごもった。

「落ちていく罪人の顔が見えないから……あまり苦しい罰じゃないのかなって……」

玄徳は地獄絵図に顔を寄せ、大きく息をついた。

「絵師が苦しみを表すことができないほど、恐ろしい顔をしているからじゃないのかねえ」

ほかの地獄は、いっとき風が吹き息をつく間があるというが、無間地獄にはそれがない。八万四千大劫《だいこう》という、計り知れない時を苦しみ続けることになるという。

黄泉比良坂の物語よりもおぞましい話だった。

「ど、どうしたら、その穴から抜け出せる？　たくさんの徳を積めばいい？」

「いや、そこに落ちたら這《は》い上《あ》がることはできないのだよ。だから人は、そうならないよう、今生で祈らねばならないのだ」

平太は思わず駆け出していた。坂を上り、息をすることも忘れたように、泣きながら走っていった。自分はなんと恐ろしい約束をしてしまったのだろう。来世に行くことも許されず、ひとりで責め苦を負うだなんて。

死んだ人間を生き返らせることは、そんなに悪いことだったのか？　ただ、昔のようにイヨといっしょに暮らしたかっただけだ。時蔵だって今を喜んでいる。ぎこちない態度ではあるが、イヨを大事に思っているのは、平太にだって伝わってくる。

小屋に戻ると、イヨが平太の着物のほつれを縫い合わせていた。縁から身を乗りだして白い指の動きに見入っていると、イヨが手を止め平太の顔をじっと見つめた。

「どうしたの？　目が赤いわよ？」

泣きはらした痕を手の甲でこすりながら、砂が目に入ったと誤魔化すが、声が上ずった。

しばらく縫い物を眺めていると、恐ろしさは和らぎ、鐘を撞いたことは間違いではないと思えてきた。もしも樫の木の下で十三童子に出会ったのが、平太ではなく時蔵だったとしても、きっとイヨを生き返らせてくれと願って鐘を撞いたはずだ。

そして山に夜の帳《とばり》がおりると、再び平太の中に不安が押し寄せた。

三人で並んで眠りにつくときは、イヨのぬくもりに恐ろしさが遠のき、夢の中では暗闇に向かって真っ逆さまに落ちていた。自分の顔がなぜかよく見え、その表情はまるで涎《よだれ》を垂らして襲いくる片眼のような歪《ゆが》んだ化け物だった。穴の底はなかなか見えてこず、四肢が震えて体の内から火が噴き出す。

「ああ！」

平太は汗まみれになって跳ね起きた。イヨがどうしたのかと、平太の額の汗を拭う。

「嫌な夢でも見たのね」

「夢……」

イヨが平太の肩に手を回し、そっと自分の胸元に平太の顔を引き寄せた。甘酸っぱい汗の匂いがした。母の匂いなどとうに忘れてしまったが、たしかにこんな甘い匂いがしていたはずだ。背中をトントンと叩かれているうちに、平太はようやく深い眠りに落ちていった。


小屋を出て五善寺に向かう坂道の途中で、肝心の卵を忘れたことに気がついた。体が穴に吸いこまれていく感覚が残っていて、時蔵に頼まれていた用事を失念していたのだ。

急いで小屋に駆け戻り戸に手をかけると、中から時蔵とイヨの話し声がきこえてきた。

「いいかげんにしてくれ！」

時蔵の荒ぶる声が聞こえた。平太は戸にかけた指をはずし、そっと濡《ぬ》れ縁《えん》にまわって部屋をのぞく。時蔵とイヨは土間で向かいあっていた。

イヨの顔は陰になってよく見えないが、時蔵の顔がいやに赤黒く薄暗い土間に浮かんでいる。

「正気でそんなことを考えているのか！」

「だって、それしか方法がないんだもの。もちろん葛藤はあったけれど、ここに来る途中で平ちやんに会って心が固まったの」

イヨは上《あ》がり框《がまち》に腰をおろし、時蔵を見あげている。耳を澄ますが、ふたりの会話が聞き取れない。しばらく小声で言い合っているようだったが、ふっと声が止んだ。平太は目を凝らして土間を見つめた。

突然、時蔵がイヨの肩を摑み、板間に押しつけた。「あっ」とイヨが声を上げる。平太も声が出そうになったが、息を大きく吞みこんだため声は漏れなかった。

平太はふたりを見つめた。

ずいぶんと長い間、平太は動けずにいた。

徐々に心の臓が速くなり、目の前にちかちかとした灯《あか》りが見えた気がして足が震えた。平太は後退《あとずさ》り、足音をたてぬように小屋を離れた。ふらふらと坂を下り、五善寺に向かう。気づけば陽は傾きはじめていた。境内の松の木が大きく揺さぶられ、罵声のように松の葉が平太に降り注いでくる。

どうしよう。

自問自答する声が頭の中に響いていた。

泣きながらお堂に駆けこむと、玄徳が夕方のお勤めで経をあげているところだった。無作法にお堂に入る平太を、僧侶のひとりが咎《とが》めたが、玄徳が構わないと制して畳に伏す平太に近づいてきた。

「おっしょさん、おっしょさん！」

どう言ったらいいのだろう。この目で見たことをどう説明したら、平太が感じた恐れを伝えることができるだろうか。

声の代わりに泣き声が漏れた。僧侶たちが読経を止め囁きあっている。恥ずかしいと思ったが、泣くことよりほかに、この気持ちを伝える方法がわからない。

玄徳は丸くなって泣き続ける平太の背に皺《しわ》の寄った手を当ててさすった。そこが熱をおびてくると、平太の頭の中がだんだん冷えていく。

「どうしたのだ、平太、言うてみい」

「鐘を、撞いたら……おっかあが生き返ったんじゃ。けんど、おっとうはおっかあを絞め殺そうとする。またおっかあが死んだら、もう一回鐘を撞かなきゃならない。十三童子ってお人はもういないし、どうしたらいいのかわかんねえよ」

「な、なんのことじゃ。順を追ってゆっくりと話しなされ」

玄徳は平太を下足場へ連れ出した。

イヨがいなくなってずっと寂しかったこと。耕吉の減らず口に腹がたつこと。十三童子という修験者に出会い、無間の鐘を撞いたこと。ただ、無間地獄へ堕ちる責めについては話すことができなかった。口に出すのが恐ろしく、愚か者だと叱られるのも怖かったのだ。

ようやく玄徳は長く深く息をついた。

「望み通りおっかあが生き返った。けんど、おっとうはあまり嬉しそうじゃなくて……」

そして先ほど目にした光景である。時蔵がイヨを組み敷き、ひどい目にあわせていた。自分が耕吉に殴られるときのおのれの姿よりも、もっとひどいと平太は思った。

「信じられないかもしれねえけど、嘘はついてねえよ」

しばらく玄徳は考えこんでいた。なにも言わず、じっと目を閉じている。

「おっとうはおっかあを黄泉へ返すつもりなんじゃ。男神が女神を見捨てたみてえに」

すると玄徳は、平太の肩にそっと手を置き「大丈夫」ときっぱりと告げた。

「お前さんが見たというものは、ふたりが互いのことを想《おも》いやり、もっと知りたいと願った証《あかし》じゃ。大人というもんは、あまり口が達者ではなくてなあ。耕吉坊のように腹の中をすっからかんにしてしまうことはしないものなのじゃ」

「おっとうは、おっかあになにか言いたかったの？」

たぶんなあ、と玄徳は曖昧に笑う。

「今のお前さんには、まだわからん。この世はそんな不確かなことばかりだが、きっとそれは悪いことではないんじゃよ」

「でも……」

「お前は賢い。耕吉坊は、ちょいと幼いゆえ、人を想いやらず口にしてしまう。もしお前さんがこっから先も『おっかさん』を守りたいなら、今見たことは心に納めてしまうことじゃ」

平太は玄徳の回りくどい説明はほとんどわからなかったが、母を守るために口を閉ざすということは納得できた。

「ねえ、おっしょさん。おっかあは、これからもおいらといっしょにいてくれるよね」

「それは……」

そのとき表がカタリと音を立てた。玄徳が戸を開けると、ひとりの子が走り去っていく。耕吉だ。下足場に耕吉の手習いの風呂敷《ふろしき》が置きっぱなしになっている。これを取りに戻ってきたのだろう。

山小屋に「イヨ」がいる、と噂が広まったのは、耕吉に話を聞かれてすぐのことである。案の定、平太は習い子たちから詰《なじ》られることになった。

「うちのおとっつぁんが、お前んとこにいる女は、村にいちゃあなんねえ『畜生』だって言ったぜ」

鬼の首を取ったような耕吉の態度に、みんなが口々に同意する。死んだ人を生き返らせることが、どれほど愚かなことか講釈するのを、平太は黙って聞いていた。

玄徳から、大人たるもの軽はずみに心の内を口にするではないと教えられたからだ。一方で、耕吉の言うことがあながち間違いではないということも、うすうす感じていた。

寺へ寄進に来る大人たちが、遠巻きにこちらを指差し、ひそひそと囁いていることにいたたまれなくなった。おのずと平太の足は寺から遠のいていった。

夏の暑さが厳しくなり、時蔵は以前よりも山へ入ることが多くなった。イヨを避けているのは明らかで、それはイヨにもいえることだった。あの午下がりの出来事以来、イヨは他人行儀な顔を見せることが増えたのである。

平太はいつも以上におどけてイヨを笑わせようと試みるが、お天道様のような笑みを返してはくれない。

（なんだか、おっかあじゃないみてえだ）

しかたなく、平太はひとりで箱罠を見てまわった。イヨを喜ばせるため、花と山菜を摘んで小屋に戻ると、鶏小屋の近くの茂みに黒い影が走った。

（片眼か！）

驚いて戸を背に身を固める。やがて藪《やぶ》から姿を見せたのは、棒を手にした耕吉ら三人の習い子たちだった。

「お前んとこにいる『畜生』をやっつけにきた」

耕吉が叫ぶのを合図に、習い子のひとりが平太に飛びかかってくる。平太はあっという間に組み敷かれてしまった。耕吉が小屋に駆けていき、戸の外から「化け物、出てこい」と叫んでいる。やめろ、と平太が叫ぼうとすると、背にのしかかる子が平太の顔を地面に押しつけた。

イヨが戸口から姿を見せた。イヨは奇声をあげる子どもたちを目にして一瞬おののき、平太の惨状を見てさらに驚きの声を上げた。

「ほ、ほんとに平太のかあちゃんじゃ！」

耕吉はもの怖じしたように声を裏返したが、足元の石を摑んでイヨに向かって投げつけた。石は広い額に命中した。ひとりが棒を振り上げ、倒れたイヨに襲いかかる。

「おっかあ！」

母を守ると誓ったのに。身をよじるほど背にのしかかる子が膝を押しつけてくる。

平太の視界の隅に、山を駆け下りてくる時蔵の姿があった。

「おユイさん！」

時蔵の声が、山に響く。

耕吉が棒を振り上げた子の肩を叩き、「逃げろ！」と叫んだ。平太の背も軽くなり、三人は一目散に坂を駆けていった。

平太はのろのろと起き上がり、イヨであるはずの女を強く抱きしめる父の姿をぼんやりと見つめていた。

五

二十八年前と言われても、平太にはとんと見当がつかないほど昔のことである。

「おユイさんは、おっかあの妹。つまりお前の叔母さんにあたる人なんだ」

時蔵は、囲炉裏で煙管《キセル》に草を詰めしばらく黙ってふかしていたが、表でヒグラシが鳴きだすころになって、ようやく重い口を開いたのだった。

イヨではなく、ユイという名を持つその女は、時蔵の隣で目を伏したままである。その額には、時蔵が手当てした布切れが当てられていたが、少しずつ血が滲《にじ》んで、平太はそれが気になってしかたなかった。

「ひでえ話だが、昔から双子は上手《うま》く育たねえって言われていてなあ。イヨの実家は裕福ってわけじゃないし、結の衆からも双子は忌み子だから間引くよう勧められたって話だ」

それを見かねて手を差し伸べたのが、五善寺の玄徳和尚だった。玄徳は赤子のユイを引き取り、江戸へ戻る旅僧に託したという。

ユイは、自分がもらい子であることは幼いころから知っていたらしい。

「ずいぶんと年のいった親だったから。捨てられたことは悲しかったけど、育ての親にはずいぶんとかわいがってもらったのよ。袋物屋を営んでいたから暮らし向きも悪くなかった」

だが育ての親に先立たれ、店も人の手に渡ってしまうと、途端に江戸の町が見知らぬ地に思え心細くなってしまった。この先どう身を立てようかと思案していた矢先、家主から廻船問屋大黒屋平右衛門《へいえもん》の後添いとしてどうかと切り出されたのである。ユイは二十三歳になっていた。願ってもない申し出だったが、そこでの暮らしは思い描いていた大店の女房の姿とはかけ離れたものだったのである。

「旦那様は奥様との間には子ができず離縁したばかりでね。だから、私に課せられたお役目は、大黒屋の跡継ぎをもうけることだったのよ」

毎日のように舅《しゅうと》・姑《しゅうとめ》の大旦那と大女将《おかみ》から、子はできたかと矢の催促で、ユイの心は疲弊しきっていた。

そのころ堀田村周辺は大雨や洪水に見舞われ、数年にわたって米の不作が続いていた。おのずと山も痩せ生き物は姿を消した。猟を生業とする時蔵らの暮らしも苦しくなり、加えてイヨが片眼に咬まれて寝こむようになってしまった。肝を買い取りにくる薬屋から、イヨに効く薬を手に入れることができたが、高額な薬ゆえに肝との交換だけでは賄うことができない。

麓の結の衆も他人を助ける余裕はなく、すでにイヨの両親も流行《はや》り病で鬼籍に入り、時蔵夫婦が頼りにできる縁者もいない。そんなとき、時蔵はふと思い出したのだ。イヨには余所《よそ》にもらわれた双子の妹がいたことを。

ユイにしてみたら、突然現れた姉夫婦に金を出す義理はなかった。だが、この世にひとりきりの姉が生死をさまよっている。時蔵は恥を承知の上で頼ってきたのだ。自分を捨てた両親への恨みはあれど、イヨにはなかった。

むしろ、これまでのユイは貧しい暮らしとは無縁であり、今はどのような事情があれど、廻船問屋「大黒屋」の女房である。ユイはイヨに対して、後ろめたい気持ちすら抱いていた。

金のやり取りは、イヨが死ぬまで年に数回続いたという。

「わしが肉を売りに江府へ出たときにあわせておユイさんと会っていた……金を受けとるために」

ふたりがちらと目を合わせたが、平太は怒りが湧き上がってその視線の意味に気づかなかった。

「なんで堀田村に来たの?」

ユイは前妻に次いで子に恵まれず、子宝祈願に水天宮《すいてんぐう》や日枝神社《ひえじんじゃ》をめぐり、春と秋は六阿弥陀《ろくあみだ》詣《もう》でも欠かさなかった。しかし子ができる気配はなく、とうとう平右衛門はユイを離縁するなどと言い出だした。暇を出されたら帰る場所がない。ユイが泣いて縋《すが》るも、平右衛門は往生際が悪いと詰《なじ》ったという。

――せめて先祖の御霊《みたま》をお慰めさせてくだされ。それでも子ができぬようなら暇をいただきとうございます。

ユイは平右衛門にそう告げて、ひとり生まれ故郷にやってきたのである。

「もしかして、おっしょさんも知っているの？」

「お墓に参ったときにご挨拶にうかがったから」

大人どもは何もかも知っていて、平太に隠しごとをしていたのだ。平太のためについた嘘なのだろうが、こんな大嘘をつかれて腹が立たぬわけがない。

「じゃあ、おっかあ……叔母ちゃんがここに来たとき、おっとうは気づいていたってこと？　叔母ちゃんは……なんで初めて会ったとき、違うって言わなかったの？　ふたりとも、おいらがおっかあって呼ぶのを見て馬鹿にしていたの？」

ユイに食って掛かる平太に、時蔵が「やめろ」と遮った。

時蔵もなぜ承知の上で黙っていたのか。ここにユイをつれてきたとき、それは叔母だと言ってくれたらよかったのに。

「あまりにおめえが、おっかあ、おっかあって懐いているからよ、すぐに引き離すのもしのびなくなっちまった。わしがおユイさんにしばらくとどまってくれって頼んだんだ。おめえの気持ちも考えねえで、馬鹿な頼みごとをしちまった」

「ちがうのよ、平ちゃん。私が時蔵さんにお願いしたのよ。少しの間でいいから、イヨのかわりにここに置いてくれって」

「いや、わしもずっと参っちまっていて、てめえが楽をしたかっただけなんだ。息子のためだなんていって、わしはずるい男だよ」

ふたりは互いのことを深く想いやっている。玄徳の言葉が平太の脳裡《のうり》に浮かんでいた。

ふと、この場を収める方法がひとつあることに平太は気が付いた。

「行くところがないなら、叔母さんが本当のおっかあになればいいんだよ。嘘じゃなくて、まことのことにしてしまえば、閻魔《えんま》様も叱りはしないじゃろ？」

ユイは平太の母親ではなかったが、平太にとって血のつながりのある叔母であり、時蔵もこうして並んでいるとまんざらでもないようである。ユイを追い出そうとしているお店なんぞきっぱり縁を切って、堀田村でずっと暮らしていけばいい。

「おいらの新しいおっかあになっておくれよ」

これは良《い》い考えだ。平太は徐々に怒りが収まり、この先のことを考えるだけで胸の奥があったかくなるのを感じた。ユイはすこし困った顔をしていたが、平太の頭をそっと撫でてくれた。

その夜、平太は父と叔母の間に挟まれ、ふたりの手を強く握って眠った。

ずっとふたりが話をしているのが聞こえていた。はっきりとは聞きとれなかったが、この先もずっといっしょだと思うと、声が耳に届くだけで空を飛びたくなるくらい嬉しくなるのだった。

――六阿弥陀詣でのお参りで、田端《たばた》の与楽寺《よらくじ》へ巡って手を合わせたとき、行き倒れの修験者《しゅげんじゃ》に出会ったの。茶屋で団子を馳走《ちそう》してあげると、お礼にこんな話をしてくれた。

とある小藩のお殿様とご正室の間には子が生《な》されず、城下の娘たちをつぎつぎに部屋子に迎えたの。そのうちひとりの町娘がめでたく懐妊して、無事に男児が生まれた。その子は無事に殿様の跡目を継いで国を富ませ、名君としてあがめられたけども、その町娘が年老いて身罷《みまか》られるとき、息子にとんでもないことを告白したの。

実はあなたの父親は、城下で理《わり》ない仲だったやくざ者なのよ、って。どうしてそんなことを口走ったのか。熱に浮かされていたのか、本当の父親のことを忘れられず口にしてしまったのか。それは誰にもわからないことだけど。

ただ、名君にしてみたら、そんなことが知られたら大事《おおごと》でしょ？　慈悲深いお方だったそうだけど、母についていた側女《そばめ》とお匙を殺し、おのれの出生の秘密を墓場までもっていったんですって。

なんで秘密が今になって知られているか？　その修験者が言うには、秘密というのは隠せば隠すほど、穴から漏れるように広がるものだって。

その話を聞いて、とっさに時蔵さんが頭に浮かんだわ。だって、こんなことを頼めるの、あなたしかいないじゃない。私にとって、時蔵さんは義理の兄なんかじゃない。大旦那様たちから責められているとき、あなたと会っているときだけが救いだったのだから。

イヨに対して後ろめたかったなんて言ったけど、あれはただの強がり。本心はイヨが憎らしかった。

だって、親に選ばれて、なりふり構わず守りたいって思える可愛《かわい》らしい子に恵まれて、時蔵さんを独り占めして、って。ただの僻《ひが》みね。

平ちゃんと過ごして、前よりもずっと欲深くなってしまった。この胸にぎゅっと抱きついてくるあの子のぬくもりを忘れることなんてできないわ。これが本当の子だったらって、どれほど思ったことか。

だからわかってちょうだい、時蔵さん。いっしょに暮らそうって言ってくださるのは本当にうれしい。だけど、私はこの先もあのお店で生きていかなければならないの。

噂では、前の奥様は、実家に戻ったあと別のお店に嫁いで、すぐにお子が生まれたんですって。きっと奥様もわかっていたのよ。うちの旦那様が、あの修験者が話してくれたお殿様といっしょだってことくらい……。

大丈夫。秘密は絶対に漏らさないわ。私はあの名君の母親とは違うから大丈夫。お店のために秘密は墓場まで持っていくつもり。

六

長い夢を見ていた。

ぼんやりと目を覚ましてあたりを見渡すと、土間で時蔵が鉄砲の手入れをしていた。風が強い。鶏が甲高く鳴いている。

平太は部屋を見てまわり、縁から外を見たがユイの姿はどこにもない。裏の沢で水を汲《く》んでいるのだろうと裸足《はだし》で外に駆けていったが、桶《おけ》は庭に積まれたままだった。

「……叔母ちゃんは？」

平太が土間に駆けこむと、時蔵は手を止めて平太を見あげた。

「帰った」

「おいらが寝ている間に？　なんで？」

「今朝うちに寄っていった薬屋が江府へ戻るというから、おユイさんを送り届けてほしいと頼んだ。女ひとりで帰すわけにはいかねえからな」

昨日から山の兎が姿を消している。片眼が近くをうろついているかもしれないから、早いうちに山を下りたほうがいいと送り出したという。

「でも、家はここじゃろ？」

「元の家に戻ったってことだ」

時蔵の声はふだんと何も変わらない。

平太はもう一度小屋の周囲をまわってユイを探した。笠と杖がなくなっていた。

体の中のあったかいものが、一気に冷えていくのを感じた。ユイは確かに母ではないが、大事な女《ひと》には違いなかった。時蔵だってユイを大切にしようと思っていたはずだ。

「ねえ、おっとう。あのひとを引き戻して。ずっといっしょに暮らすって約束したんじゃ」

「馬鹿言うんじゃねえ。おユイさんはれっきとしたお店の女房だ。これ以上ひきとめちゃあなんねえ」

平太は小屋を飛び出し、時蔵の制止を振り切り坂を下った。

この坂は、平太がユイと出会った場所で、この先もずっとその手を離さないと誓った道だ。息が詰まって走りづらい。毎日上り下りする慣れた坂なのに、なぜこんなに苦しいのか。また、母と別れなければならない。

「おっかあ!」

平太が叫ぶ声は、自身の荒い息に呑《の》まれてしまう。二股の辻まで来ても、ユイの姿が見えない。もうとっくに麓に下りてしまったのか。それとも五善寺のイヨの墓に手を合わせにいったのか。

どちらに下るか迷っていると、突然上空に甲高い声をあげる鳶が横切っていった。その鳴き声はひどく耳障りで、鳶の飛び去った山のほうを見たとき、平太はハッと息を呑んだ。いま来た道に、黒々とした塊がある。四肢は毛玉の塊で覆われごつごつとしているのに、面構えは妙に毛が薄く、むき出しの牙が涎に覆われ光っていた。

(片眼じゃあ! まだ明るいのに!)

平太はその場で立ちすくんだ。イヨを殺した黒犬がゆっくり平太に近づいてくる。どこから威嚇の声を出しているのか、直接頭の中に響くような片眼の声に身が固まる。後退ったが、小石につまずき尻もちをついてしまった。

片眼が前脚を伸ばすのが見えた。桃色にめくれ上がる口から、泡をふくむ涎が道の砂地に浸《し》みこんでいく。三年前と同じ光景だった。

　こちらが怖がれば、獣はその隙をついて襲ってくる。片眼は平太の怯《おび》えを察したに違いない。後ろ脚が跳ねあがる。黒い毛並みが揺れて、その動きはひどく緩慢に見えたが、同時に頭上で鳶が風のように翔《か》けていった。ちぐはぐな感覚に眩暈《めまい》をおこす。

　と、轟音《ごうおん》が鳴り響き、平太はひっくり返った。喰われたと観念したが、体は痛みを感じない。起き上がると、目の前に片眼が倒れていた。地面に鮮血が染みていく。

「平太！」

　坂の上から鉄砲を構えた時蔵が駆けてくる。硝煙が鼻先に届いた。

「おっとう！」

　叫ぶと同時に、時蔵が平太の体をまんべんなく撫ぜていく。怪我《けが》はないか、どこか咬まれていないか、よかった、よかった。

　時蔵がこれほど取り乱すのは、イヨが死んだとき以来のことだ。鳶の鳴き声と、平太の泣き声が重なった。

「お前までいなくなるんじゃねえよ」

　時蔵は平太を立ち上がらせると、また体を隅から隅まで眺めて、ようやく深く息をついた。坂を上る間も、時蔵は何度も立ち止まり、平太がいるかどうか確かめているようだった。

「……おっとう」

「ん？」

「おいら、ずっとおっとうに謝らなきゃならないことがあって……おっかあが片眼に襲われたのは、おいらのせいなんだ」

三年前のあの日、平太はイヨの言いつけを破り、すっかり遊び惚《ほう》けて帰るのが遅くなってしまった。暗くなれば山犬が出ると時蔵から念を押されていたにもかかわらず、麓で耕吉たちと遊んでいるうちに、約束を忘れてしまったのだ。

時蔵は、イヨが襲われたのは、自分が片眼に傷を負わせたせいだと悔いていた。だが、もとは約束を守らなかった平太のせいなのだ。

「だから、おっかあが生き返ったら、ごめんなさいって言いたかった。おっとうにもずっと」

時蔵が足を止めた。げんこつがとんでくるかと目を閉じたが、平太の頭の上には大きな手のひらが乗せられていた。

「イヨとわしの願いは、おめえが健やかでいることだ。だから謝る必要なんてねえ」

それから少しぶっきら棒な口調で、「そろそろ猟の仕方を教えてやるか」と言い、ふっと目に慣れない笑みを滲ませた。


ユイが村を去ってから、ふた月が経った。もうすぐ麓では稲刈りの時期である。

時蔵から獣道の見つけ方を教わりはじめたころ、耕吉がタツに伴われて小屋にやってきた。ユイを怪我させてしまったことがタツに知られたのだった。時蔵と平太の前で、なぜそんな馬鹿なことをしたのかとタツが叱ると、

「おいら、平太が黄泉へ連れていかれると思ったんだ」

と、泣きじゃくったのである。

それからしばらくの間、耕吉は寺で平太に会ってもよそよそしい態度だったが、ひと月もするとさっぱり忘れたように、平太にいたずらをしかけてくるようになった。どうやら耕吉が平太にちょっかいを出していたのは、いつもタツから平太と比べられて悔しかったかららしい。

習い子たちといっしょに遊ぶことが増え、野山や村の畔で駆け回り、ユイのことを思い出すときは減っていたが、ふいに心の奥に錘のような黒い塊が横たわって、平太を不安にさせている。

「どうしよう。おっしょさん。無間の鐘を撞いたから、真っ暗な地獄へ堕ちなきゃならねえんじゃ」

地獄絵図の前で、平太はこの絵の罪人のように、深い穴に堕ちていく罪を負ってしまったことを玄徳に告白した。それだけではない。いつか生まれてくる子にまで、罪を負わせてしまうなぞ、なんて罪深いことをしでかしたのだろうか。

片眼に襲われたときの時蔵の狼狽《うろた》えぶりや、命をかけて平太を守ってくれたイヨのことを思うにつれ、どれだけ平太を慈しんでくれていたかを知りえたからこそ、罰の意味がようやく理解できたのだった。時蔵がこのことを知ったら、どれだけ悲しむか。

「おっしょさん、おいら、怖くて夜も寝られねえんじゃ。よく考えたら、次の世ではおっかあとおっとうに会えないってことじゃろう？　ずうっとひとりっきりでいなきゃならないなんて、おいら、嫌じゃあ！」

玄徳は黙って耳を傾けていたが、平太が泣き止むのを待って静かに口を開いた。

「よおわからんが。お前さんの願いは叶ってはおらんのじゃないか？」

「え？」

「お前が出会ったのは、遠くに住んでおる叔母だったのであろう？　ただ平太たちに会いに来ただけではないか」

玄徳は顎髭をさすりながら、地獄絵図を指差した。

「もしも欲を叶えてもらうことが罪であるなら、お前さんはひとっつも罪を犯しておらぬ」

「…………」

「十三童子なるものが、約束を違えたのであれば、無間地獄へ堕ちる必要もあるまいて」

狐《きつね》に摘まれたような心持ちで、平太は坂道を上っていった。背にずしりとのしかかっていた不安はいつの間にか消えている。

坂の上から、鬼瓦のような面構えの行商人が下りてきた。笈には、時蔵が仕留めた獣の臓物が入っているのだろう。すれ違いざまに、行商人が平太に目をやり、そのまま坂を下っていった。

時蔵は、獣を仕留めると、臓物、骨、皮まで余すところなく始末する。それが命を終えた生き物に対する礼儀だと、父から言われていたのを思いだす。

命は絶える。蘇《よみがえ》ることがないからこそ、その死を無駄にせぬように、生きている者が始末をつけねばならない。形として残らないのなら、心の中に刻みつけるのだ。

これからは毎日心の中で母に会おう。もう手を握ることはできないが、この世では絶対に会え

郵便はがき

料金受取人払郵便

小石川局承認

1141

差出有効期間
2025年12月
31日まで

112-8731

〈受取人〉
東京都文京区
音羽二—一二—二一

講談社
文芸第二出版部 行

書名をお書きください。

この本の感想、著者へのメッセージをご自由にご記入ください。

おすまいの都道府県

性別 男 女

年齢 10代 20代 30代 40代 50代 60代 70代 80代~

頂戴したご意見・ご感想を、小社ホームページ・新聞宣伝・書籍帯・販促物などに
使用させていただいてもよろしいでしょうか。 はい（承諾します） いいえ（承諾しません

TY 000044-2311

ご購読ありがとうございます。
今後の出版企画の参考にさせていただくため、
アンケートへのご協力のほど、よろしくお願いいたします。

■ **Q1** この本をどこでお知りになりましたか。

1 書店で本をみて

2 新聞、雑誌、フリーペーパー 〔誌名・紙名　　〕

3 テレビ、ラジオ 〔番組名　　〕

4 ネット書店 〔書店名　　〕

5 Webサイト 〔サイト名　　〕

6 携帯サイト 〔サイト名　　〕

7 メールマガジン　8 人にすすめられて　9 講談社のサイト

10 その他 〔　　〕

■ **Q2** 購入された動機を教えてください。〔複数可〕

1 著者が好き　2 気になるタイトル　3 装丁が好き

4 気になるテーマ　5 読んで面白そうだった　6 話題になっていた

7 好きなジャンルだから

8 その他 〔　　〕

■ **Q3** 好きな作家を教えてください。〔複数可〕

〔　　〕

■ **Q4** 今後どんなテーマの小説を読んでみたいですか。

〔　　〕

住所

氏名　　電話番号

ご記入いただいた個人情報は、この企画の目的以外には使用いたしません。

郵便はがき

料金受取人払郵便

小石川局承認

1141

差出有効期間
2025年12月
31日まで

112-8731

〈受取人〉
東京都文京区
音羽二−一二−二一
講談社
文芸第二出版部 行

書名をお書きください。

この本の感想、著者へのメッセージをご自由にご記入ください。

おすまいの都道府県

性別 男 女

年齢 10代 20代 30代 40代 50代 60代 70代 80代〜

頂戴したご意見・ご感想を、小社ホームページ・新聞宣伝・書籍帯・販促物などに使用させていただいてもよろしいでしょうか。 はい（承諾します） いいえ（承諾しません

TY 000044-2311

ご購読ありがとうございます。
今後の出版企画の参考にさせていただくため、
アンケートへのご協力のほど、よろしくお願いいたします。

■ Q1 この本をどこでお知りになりましたか。

1 書店で本をみて

2 新聞、雑誌、フリーペーパー 〔誌名・紙名 〕

3 テレビ、ラジオ 〔番組名 〕

4 ネット書店 〔書店名 〕

5 Webサイト 〔サイト名 〕

6 携帯サイト 〔サイト名 〕

7 メールマガジン　8 人にすすめられて　9 講談社のサイト

10 その他 〔 〕

■ Q2 購入された動機を教えてください。〔複数可〕

1 著者が好き　2 気になるタイトル　3 装丁が好き

4 気になるテーマ　5 読んで面白そうだった　6 話題になっていた

7 好きなジャンルだから

8 その他 〔 〕

■ Q3 好きな作家を教えてください。〔複数可〕

〔 〕

■ Q4 今後どんなテーマの小説を読んでみたいですか。

〔 〕

住所

氏名　電話番号

ご記入いただいた個人情報は、この企画の目的以外には使用いたしません。

ないとわかっているから、もっともっと愛おしくなるに違いない。

平太は、来た道を振り返った。

秋風が、麓の田圃を吹き抜けて、金色の稲穂をさやさやと揺らしている。実りをもたらす柔らかな風が、すこしだけ背の高くなった平太の頬を撫ぜていった。それは、すこしだけ樫の木の香りがした。


おや、和泉屋のみなさん。なにやら思い当たるふしがあるようですね。酒が入ると必ず奉公人らの間で口の端にのぼった風言。商売敵の廻船問屋「大黒屋」の先代のご当主長介《ちょうすけ》と、すでに勘当されていた弟の権蔵《ごんぞう》は、先々代平右衛門の子種ではないのではないか、という悪意のある噂話。

秘密というものは、なぜか口を閉ざした途端に周知のものとなるのが道理でして。当時の奉公人らは、平右衛門の後添いのユイがお子を生したことに首を傾げたことでしょう。

みなさんも思い出しましたか。その通り、権蔵というのは先ほどお話しした京橋《きょうばし》の金貸し「銭ゴン」でございます。おそらく権蔵の兄長介は、時蔵の子でございましょう。では権蔵は誰の？　それは明確にはわかりませぬが、その後添いのお方は、たいそう薬に興味があったそうで、鬼瓦のような面容の行商人が、足しげく大黒屋の奥座敷《おくざしき》に通っていたそうでございます。

襖《ふすま》ひとつ隔てた向こうで、なにが行われていたのか。それは私にもわかりません。

そうそう、じつは平太が安堵して寺を出ていったときのことでございますが、私も寺にいたのでございます。戸の向こうでじっと息をひそめておりました。

けむに巻かれたような顔で帰っていった平太の後ろ姿を見送った玄徳は、お堂の奥から姿を見せた私に「これでようございましたか」と振り返りました。ええ、ようございますと応えると、玄徳はすこし怒りをふくんだ顔で申しました。

「なぜあのような幼き子に鐘を撞かせました。あなた様は欲深き者を罰するために巡っているのではないのですか？　はなから罰を与える気がないならば、あそこまで怖がらせることもありますまい」

仏に仕える者は、この世のどこかに十三童子なる僧がいることを知っておるものです。経典で教えられることではなく、修行を積むうちにおのずと知ることになるといいます。玄徳も、小僧のころ、各地を回る無間の鐘の話を耳にしたことがありました。そんなものは迷信だと思っていたが、この見目麗しい私が訪ねたとき、「あのお方である」と察したようでございます。

「悪人だけが欲を唱えるわけではございません。もっとも恐ろしい欲は、無知の欲でございましょう」

平太は母に会いたいと願いました。心底そう思ったのです。ですが、あの子は気づいていませんでした。命は誰もがひとしくひとつとして生まれ、その役目が終われば戻ることは許されないのです。

たいていの場合「その願いだけはご勘弁」と申しますよ。嫌でございましょう？　あの地獄絵図の罪人どもが地上に現れたら。この世が阿鼻《あび》叫喚《きょうかん》となり、地獄と現世の区別がなくなってしまいます。

その後、父の後を継いで立派な猟師になった平太でしたが、たまに穴に落ちる夢をみることがあったようです。

そういえば、みなさん知っておりますか？

子は背が高くなるとき、なぜかどこかに落ちる夢を見るそうです。まことでしょうかねえ。おさな子に無間地獄の先にはなにがあるのか、と問われたら、「ちょっとだけ成長できる穴だ」と説くことができますね。

はっ、たしかに、そんなことを申せば、鐘を鳴らしてもいいと勘違いする子が出てきてしまいます。人を諭すとはなんとも難しいことでございますなあ。

この一件で、私には手習い所の師匠は向いてないとつくづく感じました。柄にもないおせっかいは、後にも先にもこの一度きりにしたいと思います。

慈悲の鐘

おや、みなさんじっと私の言葉に耳をかたむけておいでで。

うれしいことでございます。

私を警戒していれば、おのずと心の閂《かんぬき》が下りるものでしょうが、次はどんな地獄行きが見られるのかと身を乗り出しておられる。こちらもついつい口が滑って、要らぬことまで話してしまいそうでございます。

ここに身を寄せている方の大半は船乗りでございますなあ。であればおしゃべりなぞにうつつを抜かす私が軟弱に見えますでしょう。縄の結び方ひとつとっても鍛錬して、あんなに大きな船を動かすのですから。ご立派でございます。そりゃあ船に愛着も湧き、座礁した船に戻りたいとおっしゃるのも仕方ありません。

おや、こんどはだんまりで。たまにみなさんがなにか物言いたげに顔を合わせるのはなぜでしょうか。これまただんまり。結構でございますよ。寡黙《かもく》は美徳でございます。

ずいぶん昔でございますが、浅草の奥山《おくやま》で講釈を聞いたことがありまして。あれはちょいと御公儀の批判なんぞして景気づけして、人が集まるとちょちょいと物なんぞ売りつけ、役人が駆けつけると風のように遁走《とんそう》していきます。

聴くほうも気をもむのですが、だんだんと小気味良《い》い口調が気持ちよくなって、そりゃもっと吠《ほ》えろと煽《あお》り立《た》てるものですから、講釈師も気持ちがよくなって、つるりと余計なことまで口に口にして、磔《はりつけ》獄門首ちょっきんとなるのです。

口は災いのもとですから、私も気をつけねばなりません。ただでさえ、今のご時世みな殺気立っておりますでしょう。試し斬りだと言っては人を斬り、腹が減ったと人を斬り、そりゃ御一新だと人を斬り、もはや切り捨て御免の大盤振る舞いでございます。

私もずいぶんと人の欲を聞いてまいりましたが、ここ数年はかつての数百年をまとめても敵《かな》わぬほどの鐘撞《つ》き三昧。そろそろ閻魔《えんま》さまから無間地獄《むげんじごく》はいっぱいじゃとお小言をくらうかもしれません。いまいちど、娯楽が栄え、多少の奸計《かんけい》に御公儀の偉い衆がうごめき、それを庶民が茶化して滑稽なりと笑って、奢侈《しゃし》禁止に舌打ちしながらも、懐手で歩けたころに戻ってくれませんかねえ。

説教くさい？　こりゃ申し訳ありません。かつてこんなだったと年寄りから思い出話をされてもこまりますよねえ。

え？　私の歳《とし》ですか？　九十九までは指折り数えていましたが、そこからは面倒になってしまいました。清吉《せいきち》さんおいくつで？　二十九……ということは、あの天保《てんぽう》の御直しのころに生まれたのですか。江戸市中が華やいでいた、絢爛《けんらん》なころを知らないのですね。

あのころまでは、鐘を撞く理由もどことなく豪勢で、金山が欲しいという者もおりましたし、異国の姿を見てみたいという者もおりました。欲にもどことなく気のでかさのようなものがあるのです。

もちろん、欲の内容がどのようなものでも無間地獄行きは変わりませんが。どのみち子までも道づれにするような連中です。いたしかたありません。

たしかに、清吉さんのおっしゃるように、誰もがおのれの欲や悪事を願うために鐘を撞くわけではありません。たとえば「この世から戦をなくしておくれ」と願った武将がおりました。この方は、戦をなくすことができるならば、おのれの子孫はいかほどの苦難にあっても構わないとすら申しました。

名は……なんと申しましたか。あのころの武将はころころと名を変えますから。幼きころは泣き虫の竹千代《たけちよ》とかなんとか。あのお方もまだ深き穴に落ちている最中でございます。

そういえば、少し前に菩薩《ぼさつ》のごとき慈愛に満ちた娘がおりました。

あの娘もどちらかといえば、善人に類するものだったのでしょう。

鐘を撞いた理由はかわいらしいものでしたが、善と悪の境目なんぞわかりませんし、そんなことで来世を棒にふり鐘を撞くのはいかがなものかと私も迷いましたが、望む者に撞かせぬのも傲慢でございましょう？

たしかに、善人たちでいっぱいの世なんてものになれば、この地上から無間の鐘の音は聞こえなくなるでしょうなあ。

一

お楽《らく》は迷っていた。蟬《せみ》の鳴き声が聞こえなくなるくらい、真剣に考えている。左手にある路考茶縮緬《ろこうちゃちりめん》か、右手の伊予染《いよぞめ》小袖か。はたまた、まだ仕立てられていない京友禅か。

すべて買い求めたい。ようやく奢侈への咎《とが》めが緩み、江戸の町に活気が戻ってきたのだ。あれはだめ、これは贅沢《ぜいたく》と締めつけられた暮らしは、十六のお楽にとって息苦しくつまらぬものだった。

「どう？　私にはすこし渋いかしら」

女中のおすまが横から首を伸ばし、「どちらもお嬢様に似合いますが」と口をはさむから、なおのこと悩む羽目になった。呉服屋に足を運んだのが間違いだった。ここには目新しく鮮やかな着物が仕立てられており、どれを求めても別の着物が欲しくなる。

お楽の家は、江戸橋《えどばし》で船宿「舟幸《ふなこう》」を営んでいる。川船も所有するが、泊まり客の大半は江戸へ立ち寄る廻船《かいせん》の船乗りたちだ。船具や食料なども手配し、水主《かこ》の宿も提供する。本家は廻船問屋「和泉屋《いずみや》」を営むため、舟幸の商いは安泰らしく、奉公人の数は江戸橋の船宿の中で一、二の多さを誇っていた。

父の伊三郎《いさぶろう》はひとり娘のお楽に甘く、どこの呉服屋で新しい柄が入っただの、櫛《くし》屋で新しい簪《かんざし》がならんでいただのと買ってくる。先日もらった錺《かざり》簪《かんざし》はタガネの細工が美しい菊模様で、それに合う着物となると、品のあるものがいい。

この柄は亡き染め職人最後の作だとか、女手ひとつで子を抱える腕の良い職人の着物だなどと言われたら、なおのこと迷ってしまうのだ。

「わかりました。ここにあるものをまとめていただきます」

手代はもみ手で喜び、あとで店の者に運ばせますと頭を下げた。

呉服屋を出たあと、同じ通り沿いにある菓子屋に出向き、重箱いっぱいの餅を買った。菓子屋の小僧が風呂敷《ふろしき》包みを抱えて、嬉《うれ》しそうにあとをついてくる。江戸橋のたもとで寝起きする無宿の者たちに配るものだが、そのうちのひとつは遣いの小僧の分け前になるのだ。

お楽は生まれてこのかた、飢えを知らず恵まれた暮らしをおくってきた。持つ者は持たざる者へ分け与える責がある。腹を空かせる者たちがひとりでもなくなってほしいと、お楽は願っていた。

善行は、巡り巡って自身に返ってくると教えてくれたのは、父の伊三郎だった。この世は大きな球体でできており、船は真っすぐ進んでいるようでも、ぐるりと回って元の港に戻るのだという。

(だから、悪事も好事も、しまいにはおのれに還《かえ》ってくるのだ。人に施しを与えれば、お楽が困ったときに、必ず誰かが手を差し伸べてくれるだろう)

父の教えは、お楽の信条になっている。

「西河岸で西瓜《すいか》を売っている子がいたわ。あれもすべて買っていきましょう。おすま、先に店に戻って男手を連れておいで」

「無宿の者らに、そこまでしなくても……」

「うちの衆へのお土産よ。今日は暑くてみな汗をかいているでしょう」

おすまは「散財もほどほどにしてください」と言いつつ相好を崩した。おすまと別れ、お楽は菓子屋の小僧を伴い本船町《ほんふなちょう》の舟幸へ向かって歩いていった。通りに面した店の衆は、お楽が通ると気さくに声をかけてくる。お楽の人柄をよく知る者が多く、息子を婿にどうかと仲人をよこすお店も多いと聞く。

ことし十六になるお楽は、そろそろ婿どりしなくてはならない。どのような男がお楽の夫になるかわからないが、伊三郎と母のおゆうが申し分のない男を迎えてくれるに違いない。

小さな子をおぶった子守の娘と立ち話をして、袂《たもと》に入れていた杏《あんず》をひとつ渡す。手を振って踵《きびす》を返《かえ》したときだった。足早に歩いてきた男とぶつかり、お楽は道に撥《は》ね飛ばされた。

「邪魔じゃ、小娘。死にてえか！」

男の顔は逆光でみえないが、声が怒りを含んでいた。

やっとのことで髷《まげ》を結うほど髪は薄いことだけがわかる。男の体からはひどく饐《す》えた臭いがした。ふっと日が陰り、男の面が見えそうになったが、怖くてお楽は目を閉じた。小僧は風呂敷包みを抱えたまま、お楽の横で泣いている。

「大丈夫ですか？」

お楽の腕を取って起き上がらせてくれたのは、かすかに潮の匂いがする背の高い男だった。年のころは二十半ばだろうか。江戸の男にはあまり見られない濃い眉から、土地の者ではないとわかった。

お楽のぼんやりした様子に男は心配そうに顔をのぞきこんでくる。白い歯が見え、汗が顎から流れて、ゆっくりと首に落ちていく様がお楽の目に映る。

男は帯に差した手ぬぐいで、お楽の裾についた砂をぱっと払い、小僧の御鉢頭《おはちあたま》に手をあてポンとたたいた。お楽が礼を言おうとするも、男は「気いつけて」と言い残し、早足に立ち去ってしまった。

しゃくりあげる小僧から重箱をうけとり、店に戻るよう言いきかせる。ひとり帰路につくも、頭の中には男の汗の粒がいつまでも残っていた。

(なんでこんなに胸が高鳴っているのかしら)

舟幸の前の河岸には、もやった小舟がずらりと並んでいた。水主たちが舟から荷をおろし、お店の人足が大八車に積みこんでいる。宿の土間には、足を濯《すす》ぐ水主たちが宿の奉公人と談笑していた。

江戸沖に入津した摂州《せっしゅう》鶴田丸《つるたまる》の水主たちである。女中たちが、盥《たらい》が足りないと駆けずり回っていた。

「伊豆《いず》の石廊崎《いろうざき》で三日も風待ちや。和泉屋はんに出向いて詫《わ》び入れにゃなりませんが、お天道《てんと》さんの機嫌ばかりは、どうすることもできしまへん」

陽気な声を上げているのは、鶴田丸水主頭の熊吉《くまきち》である。

「お楽お嬢さん、えろう別嬪《べっぴん》さんになりましたなあ。こりゃあ、江戸に来る楽しみがまたひとつ増えましたわ」

「熊吉さんも相変わらずお元気そうで。あとで諸国のお話を聞かせてくださいね」

荒物や醬油《しょうゆ》、茶などを運んで江戸と摂州を行き来する廻船「鶴田丸」は、お楽が物心ついたころから来訪を楽しみにしている船だった。

「お嬢様、やっとお帰りになられましたか」

帳場で宿帳を繰《く》っていた番頭の利平《りへい》が、腰をあげて手招きしている。

「奥で旦那様と奥様がお待ちですよ」

「あら、忘れていたわ！」

あとで話があるとおゆうに言われて忘れていた。慌てて母屋へわたっていくと、廊下でひとりのお店者《たなもの》とすれ違った。おゆうが呼んだ紅屋《べにや》の手代だ。紅屋はかつて薬を扱う問屋だった。商いを手広く広げ、いまでは化粧を扱う奥御用達《ごようたし》の小間物屋として、日本橋《にほんばし》に大店《おおだな》を構えている。

紅屋が持ちこむのは商品だけではない。人と人の縁を取り持つ役目も担っているらしい。案の定、両親の部屋に出向くと、縁談話が持ち上がっていた。

「良い話なのですよ。あの紅屋さんからいただいたご縁なの」

喜色をうかべるおゆうに対して、伊三郎は口を引き結んでいる。

舟幸の身代を守るためには、お楽の婿どりは避けられない。以前から本家の和泉屋に、お楽とつり合いが取れる良い男はいないかとうかがいを立てていた。この絶妙な時宜《じぎ》に顔を見せた紅屋に対し、伊三郎は不審な心持ちを抱いたらしい。

「紅屋は方々に顔を出す御公儀の狗《いぬ》のような連中だ。どこかでうちが婿どりの話を進めているのを知り、お店に都合のいい男を差し出してきたのだろうよ」

伊三郎の苦言に、おゆうが眉をひそめた。いつまでも悠長にかまえていたら、縁談話も来なくなる。娘の売り時は短いのだと言う。

「梵鐘屋《ぼんしょうや》のおキリさんの話をききまして？　あまりに釣書《つりがき》が届けられるから、座敷《ざしき》が埋まってしまったというではありませんか」

「おっかさん、それは言いすぎよ。部屋の半分ほどしか積まれていなかったわ」

金貸しの梵鐘屋の娘キリは、三味線の師匠がいっしょで仲良くなった数少ない友である。時おり互いの家を行き来し、役者の話や芝居見物の約束をする間柄になっていた。

キリは江戸で評判の美人であり、お城の奥勤めをするのではないかと噂《うわさ》が立っている。当人に問いただしてみると、あのような堅苦しい場所は嫌だと笑っていた。

「でも、ほんとうに良いお話なのよ。檜物町《ひものちょう》の倉田屋《くらたや》の御次男なんて、これ以上良い話はございません」

一年で二千両もの遊興の掛かりをばらまく諸藩の留守居役たちが通う料亭と縁続きになれるのだ。舟幸と和泉屋だけでなく、紅屋にとっても良縁である。相手の齢《よわい》はことし二十歳。お楽と釣り合いの取れた年ごろで、名を益次郎《ますじろう》といった。紅屋は気に入らないものの、この縁組には伊三郎も満足しているようだ。

「でも、まだ私は……」

唐突に、潮の香りを感じた。なぜ、とお楽は戸惑った。

「安心おし。今すぐわしらが隠居するわけではない。お楽は所帯をもっても、変わらず三味線や踊りの稽古をしてもかまわないし、婿殿にはゆっくりと店のことを覚えてもらえばよいと思っておる」

伊三郎がまなじりを垂らす。

「お前さんはお楽に甘すぎます。今からしっかり仕込まねばなりませんよ」

家付き娘が婿をえり好みできるわけではないが、もしお楽が強く反発すれば、伊三郎なら娘の気持ちを汲《く》んで、破談にしてくれるかもしれない。ただ、この話はとうに決着がついているのだ。

お楽は謹んでお受けいたしますとだけ応えた。心のどこかで伊三郎が「やっぱりやめよう」と言ってくれるのではないかと期待したが、襖《ふすま》をあけ座敷を出るまで、伊三郎は引き留めてはくれなかった。

憂鬱な顔を表で見せるわけにはいかない。自ら頬を叩《たた》き気合を入れなおして店に戻ると、利平が土間に下りて、岡っ引き相手に仏頂面を向けていた。このあたりを縄張りにする佐助《さすけ》親分だ。三十がらみの金にがめつい嫌な男である。

岡っ引きは、手札をもらう八丁堀《はっちょうぼり》の定廻《じょうまわ》り同心から手当てをもらうが、それとは別に「引合《ひきあい》ぬけ」をちらつかせて、お店から小遣いを稼ぐ者がほとんどだ。

利平が親分に手渡している奉書紙《ほうしょがみ》の中には、ここの奉公人が懸命に働いても稼げない金子《きんす》が入っている。これで舟幸に立ち寄ったどこの誰とも知らぬ咎人《とがにん》のために、奉行所の白洲《しらす》へ出向かずにすむ。岡っ引きは、この「引合ぬけ」をちらつかせて、小遣いをかせぐのだ。包みを検めた佐助は、「少ねえなあ」とぼやきながら店を後にした。

入れ替わるように、ひとりの若者が汗を拭いながら暖簾《のれん》をくぐってきた。道に迷ってしまったと頭を掻《か》きながら、上《あ》がり框《がまち》に腰をおろして小僧が差し出した盥で足を濯ぐ。

お楽は息を呑《の》んだ。あの上方訛《なま》りの男である。黒く焼けた項《うなじ》に汗がながれている。それを目にしたお楽は、陽の下で立ち尽くしたときのように体が火照っていた。

「おい誰ぞ、猫が紛れこんどったぞ」

熊吉が、三毛猫の首根っこを摑《つか》んで箱段《はこだん》を下りてきた。町屋の屋根を渡って猫が入りこんだらしい。男の足を拭いおわった小僧が、猫を受け取り表へ放りに出ていった。

「おう、巳之吉《みのきち》。はじめての徳川様の御城下はどないやった。いうても金ぴかやなくて、地味な町やろう」

熊吉が男に声をかける。

「みんな早口で、せっかちな町でした」

せやろと笑う熊吉が、母屋に続く廊下の陰に立ちつくすお楽に気づいた。

「ここのお嬢さんや。あいさつしとき」

我に返ったお楽は、帳場の横で膝をそろえた。巳之吉と呼ばれた男も中腰になり、両手を腿《もも》の上にのせたままひょいと頭を下げる。

巳之吉は、お楽の顔を見て小さく眉を動かしたが、すぐに熊吉と城下の話をしながら箱段を上ってしまった。

「あら、お楽様。ぼうっとしてどうしました？」

藍の前掛け姿のおすまが、櫛切りになった西瓜をのせた平膳を抱えて土間に顔をだした。親分相手で不機嫌なままの利平が、西瓜をかじり種を土間に吹き飛ばしている。水主たちの話し声が二階から聞こえてきた。気だるい午《ひる》さがりの中で、お楽だけが感情の渦に巻きこまれてしまったようだ。

巳之吉の顔と声、隆々とした肩から立ち上る磯《いそ》の匂いを思いだすと、胸の奥が痛いほど脈を打つ。

（私ったら、どうしたっていうの？）

十三のとき、初めて桟敷席から五代目市川海老蔵《いちかわえびぞう》（七代目市川團十郎《だんじゅうろう》）を目にして、叫び出しそうになったときと同じ胸の鼓動を感じていた。

二

今年は時化《しけ》が多く、舟幸の水主たちも足止めをくっている。宿の二階は常にどの部屋も満杯で、後続の廻船の船乗りが来ると、本家の和泉屋を間借りして、水主らを受け入れていた。先だって、東回り航路を行き来する駒王丸《こまおうまる》の船乗りが、別の宿に回された。

鶴田丸も予定の出航が大幅に遅れていた。さらに船底に修繕の必要な個所《かしょ》が見つかったらしい。それを知ったお楽は、おすまが気味悪がるほど浮かれていた。

三味線の稽古に出かけている間は、巳之吉が自分を探しているのではないかと気もそぞろになり、師匠から気が入っていないと叱られた。

いてもたってもいられず宿に戻ると、巳之吉の姿はどこにもない。利平にそれとなく、私を探していた者はいないかとたずねると「はあ?」と首を傾《かし》げられた。

落胆して母屋に戻ろうとしたときである。箱段の下から納戸へつづく廊下へ、三毛猫が駆けていくのが見えた。

「また勝手に入りこんで」

そこは歳時の道具やおゆうの嫁入り道具がおさめられた、めったに人の出入りがない場所である。通路には壁に小さな明かり取りの格子窓があるが、薄暗くて足元も見えづらい。

廊下の突き当たりの納戸の前で立ち止まった猫は、爪をたてて引っかいている。

戸がすっと開いた。中に真っ白な装束を纏《まと》った坊主が座っていた。どこから忍びこんだのか。

「ひ、人を呼びますよ!」

お楽の剣幕に驚いた猫が走って逃げていく。

「騒がないでくださいな。私は客でございます」

囁《ささや》くように身の上を告げた修験者《しゅげんじゃ》は、膝を揃《そろ》えて会釈をした。

これほどの眉目秀麗の人を、お楽は見たことがない。近ごろ芝居小屋が浅草へ移転してしまい、めっきり芝居見物に足を向けることはなくなったが、かつて桟敷席から眺めた役者たちに匹敵する美丈夫である。『勧進帳《かんじんちょう》』の弁慶《べんけい》が五代目海老蔵ならば、さしずめ義経《よしつね》はこの修験者であろう。いっそのこと富樫左衛門《とがしさえもん》役でも見ごたえがありそうだ。

昨晩遅く店の表戸を叩く音がしていた。色街で遊び歩いていた水主だと思っていたが、この修験者だったようだ。旅僧を追い返すことができず、利平が納戸をあてがったのだろう。

「ちょうど良うございました。頼みたいことがございます」

「このような所でお気に召さぬかもしれませぬが、どうぞご容赦を」

「いやいや、文句ではございませんよ。こちらの袈裟《けさ》が破れまして、差し支えなければお嬢さんに繕《つくろ》ってもらえないかと声を掛けた次第で」

「すぐにお直しいたしましょう。ご出立はいつになりますか?」

「日時を決めて旅をしているわけでありません。袈裟が直り次第といたしましょう」

この日は午いっぱい部屋で繕い物をし、夕餉《ゆうげ》の支度に台所へ顔を出した。豆をより分ける作業に加わるも、二階から聞こえる鶴田丸の男たちの笑い声に耳を澄ませてしまう。

御櫃《おひつ》を抱えて二階に上がる。部屋で車座になり談笑する水主たちに素早く目をやった。

(あら、また巳之吉がおらぬ)

きのうも巳之吉はひとりで出かけている。

(もしかしたら、おなごのところへ通っているのだろうか)

船乗りは、立ち寄る港に女がいるという。熊吉など、女房のほかにふたりの女を囲っており、子は合わせて十人近くいるらしい。

翌日も、巳之吉は朝餉《あさげ》を終えるなりひとり宿を出ていった。いてもたってもいられず、お楽は巳之吉のあとを追った。

巳之吉は足早に江戸橋を渡り、蔵屋敷が並ぶ江戸橋広小路《ひろこうじ》に向かっていった。このあたりは幕府台所へ卸す魚の生け簀《いす》があり、余所者《よそもの》が遊び歩くような場所ではない。

やがて材木町《ざいもくちょう》の三、四丁目にある三四の番屋の手前で道を折れ、新右衛門町《しんえもんちょう》へ入っていった。道の中ほどで足を止め、道端で菊の手入れをする老爺《ろうや》に話しかけると、老爺が指さすほうへ歩いていく。

お楽も菊の老爺に声をかけた。

老爺は訝《いぶか》しがったが、銅銭を二枚差し出すと嬉しそうに口を開いた。

「三光鼠《さんこうねずみ》の作治《さくじ》っていう盗人《ぬすっと》を探しているらしい」

「三光？　おかしな二つ名でございますね」

人形町《にんぎょうちょう》ちかくの三光神社前に延びる三光新道あたりをねぐらにしており、何年か前に商家から五十両を盗んでその名がついたという。

「このあたりに潜んでいるのですか？」

「少し前にそんな噂もあったが、人相書きが出回っているから根無し草だろうよ。鼠みてえにちょこまかねぐらや身なりを変えるから、おいそれと捕まりゃしねえ。方々に手下を多く従えておって、大店が軒並みやられているって話だ」

はて、とお楽は首を傾げた。それほど大がかりな窃盗団など、お楽はきいたことがなかったからだ。

「そりゃそうさ。連中は表ざたにならねえ金ばかり盗んでいくのさ。店が盗まれたって訴え出なけりゃ捕まらねえだろ」

「なんて卑怯《ひきょう》な連中でしょう」

「その頭が、作治って男だ。腹に昔襲った女につけられた傷があるって話だが、そんなもん湯屋でもなけりゃあ確かめようもねえしよ」

そうこうしているうちに、老爺の皺《しわ》の寄った顔が固くなった。振り返ると、憮然《ぶぜん》とした巳之吉が立っていた。

「大店の娘さんがひとり歩きなんて感心しませんなあ」

あとをつけてきたのは承知の上だろう。お楽が口を濁していると、巳之吉は困り顔で「帰りますよ」と先立って歩きはじめた。お楽はいそいでついていく。叱られたのに、足取りが軽い。巳之吉の背を眺めながら、抱き着きたい気持ちをぐっと抑える。

「ねえ、巳之吉さん。あなたと三光鼠の作治とは、どのような関わりが？」

「なんでそんなことを知りたがるんです」

「う、うちは船宿でございます。おかしな男と関わりのある者は、客とはいえ見過ごすことはできません」

まるきりの出まかせではない。ほんのすこしだが、巳之吉を恐ろしいと思った自分もいる。巳之吉は、腕を組んだままゆっくりと歩き、お楽に振り返ると口元に笑みをのせた。

「そりゃそうだ。やっぱりお嬢さんは、舟幸の女将《おかみ》になるお方ですなあ」

途端に頬が熱くなる。

作治は江戸のみならず、上方や尾張《おわり》でも盗みやかどわかしを繰りかえし、人相書きが方々で張りだされる極悪人だ。いっとき廻船の炊《かし》きとして雇われ、あちこちを逃げ回っていたらしい。

「いまは江戸に潜伏していると水主仲間から耳にしました」

「なにか遺恨でも？」

言いよどむ巳之吉だが、お楽の勢いに口を開いた。

「この世でいちばん大切にしていたおなごが……三光鼠の作治にひどい目にあわされました」

おなごと知って、お楽の胸がぎゅっと痛んだ。

巳之吉は鶴田丸で江戸へ入った直後から、作治の行きつけの女郎屋や賭場をめぐった。運よく作治を見つけすぐに後をつけたという。しかし途中で作治が娘とぶつかり足を止め、振り返った拍子に巳之吉と目が合ってしまった。つけられていると察し作治は、町から姿を消してしまったのだ。

「もしかして、私がぶつかったあのときの？」

「まさか舟幸のお嬢さんだとは」

「どうしましょう。私のせいで作治を逃してしまったのね」

お楽が肩をおとすと、巳之吉は苦笑いを浮かべて、気にすることはないときっぱりと口にした。

「お嬢さんがおっしゃるように、これ以上やつに近づけば宿に迷惑がかかるかもしれねえ。こっから先は自重しますんで勘弁してくだせえ」

お楽は頭を横に振った。その勢いが強すぎたのか、巳之吉が目を丸くして笑う。もげてしまいますがな、と声を立てた。

「すぐそこの番屋で調べてもらったら？　ひとりで盗人を捕まえようだなんて無茶な話よ」

三四の番屋は、町奉行の定廻り同心が毎日足を運ぶ番屋である。舟幸に顔を出す岡っ引きの佐助親分も頻繁に出入りしていた。名の知られた盗人ならば、町奉行でも足取りを追っているはずだ。潜伏先に心当たりがあるかもしれない。

「そりゃできません」

「なぜ？」

「もう時がありません。明日にも鶴田丸の碇《いかり》を抜くそうですから」

次に巳之吉が江戸へ来るころには、お楽は宿の若女将になっているかもしれない。顔すら知らぬ男の横で、笑みを顔に張りつけ迎え入れることになる。

ようやくふたりきりで話せるようになったのに。喜びではちきれそうな心が、途端にしぼんでいく。

このあと、巳之吉はお楽の問いかけには答えず、ぼんやりと考えこみながら宿へと戻っていった。

三

出航を明日にひかえ、伊三郎が奉公人や鶴田丸の水主らを引き連れ、待乳山《まっちやま》まで月見にでかけていった。巳之吉は夕餉のあと、ひとりででかけている。まだ作治を探しているのだ。戻ってきた巳之吉と話がしたいとお楽は店に残ったが、目障りなことにおすまも店に居残っている。ちかごろお楽の様子がおかしいと察したおゆうが、おすまに見張るように命じたにちがいない。厠《かわや》へ行くにも、格子窓をあけて風にあたるときでも、おすまが目のつく場所にいる。

「小腹がすいたわ。水棚に阿蘭陀《オランダ》羊羹《ようかん》があるから持ってきてちょうだい」

茶の間でおすまと双六《すごろく》をして、ころあいをみておすまに頼んだ。甘いものに目がないおすまは、濃い茶を淹《い》れにそそくさと部屋を出ていった。

そのすきに、庭から裏木戸を抜けて店を出た。提灯《ちょうちん》は店の土間にある。表にまわって店の潜《くぐり》戸《ど》に手をかけたとき、「こんな夜更けにどうしました」と、背後から巳之吉の声がした。おどろいて振り返った拍子に、巳之吉の広い胸に顔がぶつかり、倒れそうになったお楽の腰を、巳之吉がぐっと支えた。

「こりゃすまん。大丈夫ですかい？」

耳のそばで囁かれ、お楽の頭の中が巳之吉でいっぱいになった。我慢しきれず巳之吉の胸に顔をうずめる。

「お嬢さん？」

「お楽様！」

巳之吉の戸惑いの声と、お楽を探しに出てきたおすまの悲鳴に近い声が、同時に聞こえた。

お楽は巳之吉の胸を押し、逃げるように道を駆けていった。

にぎやかな表通りから一歩奥まった路地に足を踏みいれると、あたりは闇に包まれてしまった。満月なのに月明かりが差しこまない細い裏店《うらだな》である。どこを歩いているのかわからなくなっていた。

木戸番で灯《あか》りをもらおうとおそるおそる道を進む。女の嬌声《きょうせい》が漏れ聞こえる出合い茶屋から、提灯を下げた僧侶がほろ酔いで姿をあらわした。

茶屋の油障子越しに、「私を破戒僧などという女は、来世地獄へ堕《お》ちますよ」と、陽気に声をかけている。その顔を見たお楽は、あっと声を上げた。納戸に泊まっていた修験者である。

修験者は、柿衣《かきごろも》の法衣《ほうえ》に八目草鞋《やつめわらんじ》。首から結袈裟《ゆいげさ》をかけ、手甲《てっこう》で覆われた腕には錫杖《しゃくじょう》が握られている。きのう袈裟を届けるとすぐに出立したはずだ。あれからずっと呑み歩いていたようである。修験者もお楽に気づいて笑みを浮かべた。

「おや、このような刻限にいかがいたしました」

涼やかな目元に、真珠のごとく美しい肌をした男である。同時に、まったく逆な容姿の武骨な男を思い出し、ふいに涙がこぼれた。おやおや、と修験者は目を見開き、お楽の肩にそっと手をかける。

「心煩うことがおありのようで。口にできぬ苦しみの種があるならば、行きずりの私に吐きだしてしまいなされ」

僧ならば、お楽がこの先どうしたらよいのか導いてくれるかもしれない。父も母も奉公人らも、お楽にとって愛おしい人たちだが、巳之吉のことを話せば頭から反対されるのはわかりきっている。

お楽は修験者のあとをついて路地を行きながら、その背に巳之吉への想《おも》いを訥々《とつとつ》と語りかけた。

「あの人のことを考えていると、これまで私がしてきたことのすべてがどうでもいいことのように思えてしまうのです」

巳之吉さえ自分のものになってくれるなら、ほかには何もいらないとさえ思ってしまう。舟幸の行く末や、無宿者がひもじい思いをすることなど、どうでもよかった。

「この先、私はどうしたらいいのでしょう。人を好きになることに罪深さを感じるだけでなく、巳之吉さんを憎らしくさえ思ってしまうのです」

「誰かの心をつなぎとめたいと思うのは、人が避けることはできぬ最も業深き欲でございます。それに抗《あらが》っても、ご自身が苦しくなるだけでございますよ」

この修験者は、お楽の苦しみを欲と言ってくれる。だが、お楽自身が戸惑い後ろめたさを感じるのなら、やはりこれは罪なのだ。

「殿方を想うときは、天にも昇る心持ちになると思っていました。だけど、今はあの人が別のおなごのことを考えているのも、恨みを心に抱えているのも、すべてが憎らしくて仕方ない」

巳之吉の心を独り占めしているのはどんな女なのだろう。巳之吉と同じ年ごろだろうか。気立てはよいのか。その女の前で、巳之吉はどんな顔で笑うのか。

お楽と巳之吉は、船宿の娘と泊まり客という間柄でしかない。こんなに自分は巳之吉で胸の中をいっぱいにして苦しんでいるのに、巳之吉の心にお楽はいない。ひどい男だ、とお楽は思った。

弓なりの眉を歪《ゆが》めた修験者が、袂《たもと》に手を差しこんだ。白い指先にぶら下がるのは、小さな青銅色の鐘である。

「無間の鐘、と申します。遠州《えんしゅう》小夜《さよ》の中山《なかやま》の観音寺《かんのんじ》の梵鐘の言い伝えをご存じで?」

知らない、とお楽は首を横に振った。

その鐘を撞けば富貴に恵まれる。いまはその鐘は井戸の底へ投げ捨てられ、地中深くに埋まってしまったが、今も欲を聞き届けた鐘が、土の中から鐘の音を響かせているという。

「しかしその言い伝えには、ひとつ誤りがございましてな。富貴のみならず、どのような欲も叶えてくれるのです。おそらく金銀を求めるものが大半を占め、このような言い伝えになったのでございましょうな」

「欲というのは、つまり願いごとということかしら」

お楽の問いかけに、修験者はうなずく。

「では、その欲はどこで聞き届けられているのか、と申しますれば、この小さな鐘が観音寺まで撞く者の声を届けてくれているのです。つまり、大海を渡る船のような役割でございますな」

鐘を掲げて、お楽の目の前でゆらゆらと揺らす。

「それは修行であなた様が得た験力《げんりき》のようなもの?」

「いいえ。私はこの世とあの世をつなぐ役目を持つだけでございますよ」

修験者のもう片方の手には、丁の形をした撞木《しゅもく》がおさまっていた。

「これを鳴らした者は、どのような願いも叶えることができまする。ただし、来世は無間地獄へ堕ちまして、さらにその子も現世で地獄を見るでしょう」

経を唱えるような声が、お楽の頭の中をゆらゆらとめぐっていた。

「……人の心を動かすこともできますか?」

「好いた男の頭の中を、おのれで満たしてほしいなど、よくある願いでございます」

「撞けば、あの人は私を好いてくれるかしら」

「心の中があなた様でいっぱいになれば、ほかのおなごや厄介ごとなど考える暇もなくなりましょう」

お楽は撞木に手を伸ばした。

「よおく考えなされ。撞けばあなたは八万四千大劫《だいこう》も苦しみ続けることになるのです。しかも、あなたに子ができれば、その子はこの世で地獄を見るのです」

お楽の手が宙で止まった。もしも巳之吉と自分の間に子ができたら、その子が苦しむことになるのだ。だが、鐘を撞かず巳之吉との縁が切れたら、親の勧める縁談を受けて顔も知らぬ男といっしょにならねばならない。

巳之吉がいなくて、なにが幸せか。

これまでお楽がしてきた善行は、常に身の上に良き事柄として戻ってきた。無宿の者に施せば、無くし物探しをしてくれたし、奉公人らをねぎらえば、店のために尽力してくれる。この世は、この先生まれるかもしれない子を見捨てたりせぬ慈悲の心で満ちているはずだ。

「ホホ、そのようなお考えの娘さんは初めてでございます。子のことを想い鐘を撞くのをためらうものが大半ですのに。そうでございますか、災いをしのぐ慈悲の心。それはなんともあっぱれでございます。ぜひ、この目で見たくなりました」

修験者は鐘と撞木をお楽の手のひらにそっと置いた。

「どうぞ、あなたの欲を叶えなされ」

「巳之吉さんの心を、私でいっぱいにして」

ジャン、とひとつ鐘が鳴った。歯の根元が浮くような、もどかしさを覚える音だった。

四

「おすまさん、お嬢さんが戻られましたよ！」

店の前に立っていた巳之吉が、店の奥に向かって声をかけた。いつのまにか、修験者はいなくなっていた。まだ頭の中がぼうっとしている。

血相を変えたおすまがお楽に駆け寄った。その横で巳之吉がお楽に深々と頭を下げる。

「さっきは驚かせたみたいで申しわけねえ」

巳之吉の態度は、ふだんとなにも変わっていない。むしろ面倒な娘だと呆《あき》れているような口ぶりである。お楽は急いで店に駆けこみ、そのまま部屋に籠もってしまった。

女の勘というのは侮《あなど》れないものだ。日が改まり、何も食べたくないと朝餉を拒んだお楽は、おすまから「巳之吉を好いたのではありますまいな」と図星を突かれたのである。

おすまは、お楽が物心ついたころから世話をしてくれている古参の女中である。お楽の心の内など、火を見るより明らかなのだと言った。

「ですがねえ、お楽様。あれは摂津国の男でございます。しかも船乗りなぞ、船宿のお嬢様とはつり合いが取れません」

「わかっているわよ。それに巳之吉には忘れられないおなごがいるの」

いつのまにか、お楽は大粒の涙を流していた。

鐘を撞いたというのに、なぜ願いは叶わないのだ。顔も知らぬ女や盗人にまで負けるとは。やはりあの鐘は偽物《にせもの》で、修験者はただの山師なのだろう。

鶴田丸は、その日のうちに江戸湾を出航していった。次に江戸へ立ち寄るのは、年が改まって松の内が明けた後だという。

お楽の心には、ぽっかりと穴が空いてしまい、なにをするにも気力が湧かなくなってしまった。伊三郎とおゆうは、婿どり前の気鬱だろうと呑気《のんき》なもので、気晴らしに秋葉神社《あきばじんじゃ》へ紅葉狩りへ連れ出したが、お楽の気持ちが晴れることはなかった。

朝から晩まで巳之吉のことを考えてしまう。鐘に願った想いは、そのままお楽に跳ね返ったようなありさまだった。

年明けに再会したとき、確実に巳之吉の心を摑むにはどうしたらいいのか考え続けた。

(そうだ、巳之吉さんが心底喜ぶことをしてあげればいいのよ！)

伊三郎がよく言うではないか。悪事も好事も、きっとおのれに還ってくる、と。

(三光鼠の作治を探し出し、私の手で捕らえてやろう)

巳之吉の心の重荷を軽くしてやるのだ。

さっそくお楽は、巳之吉が探し歩いていた道をたどり、作治の行方を追った。だがお楽に作治のことを教えてくれた老爺の姿はなく、手掛かりが摑めない。十六歳の娘がおいそれと見つけ出せる男ではないのは承知だが、おすまや奉公人たちの手を借りるわけにはいかなかった。

無間の鐘を信じていないわけではない。あの体の芯までひやりとさせた鐘の音色はただの鳴り物ではなかった。放っておいてもお楽の願いは叶っているのかもしれないが、何かしていなければ身が持たなくなっていた。

毎日どこをほっつき歩いているのかと伊三郎とおゆうに訝しがられたが、京橋のキリのもとで仕立ての習いをしていると嘘をついた。

(さすがにひとりで探すのはむずかしい)

お楽が声をかけたのは、江戸橋の袂で野宿する無宿者たちだった。三光鼠の作治を知る者がいたら知らせてほしいと聞いて回ると、ひとりが岸にある朽ちた小舟を指さした。

「あそこにいる男に聞いてみな。あれも盗人じゃ」

葦《よし》の茂みに乗り上げた小舟に近づき、のぞき見る。頭からすっぽりと筵《むしろ》をかぶり横たわる男に、三光鼠の作治を知らないかと声をかけた。

やがて筵を手で払い、男が顔を見せた。にらみつける眼《め》は空の雲をうつすほど黒く、白目の部分は充血している。

「その男なら知ってるぜ。よおく知ってる。だがタダじゃあ教えられねえなあ」

と、胸元をかきむしった。お楽が小粒を二枚差し出すと、男はそれを摘まみ懐へいれた。まだ足りぬと手を差し出してくる。これ以上は無理だと拒むと、男はお楽の手首を摑んでお楽の体を嬲《なぶ》るように見つめた。

「金じゃなくてもいいぜ。むしろ別のもんのほうが、わしは好物だがね」

お楽は男に頬を撫《な》ぜられ、ぞっとして目をつぶった。

「ハハ、餅をほいと差し出すことはできても、てめえの体を傷つけることにはためらいがあらあな」

「……わかりました」

お楽が堀川町《ほりかわちょう》の出合い茶屋で待っていると告げると、男は虚を突かれたように驚いた顔をしたが、すぐに歯茎をみせてにたりと笑った。暮れ六つの鐘がなるころに必ず来るよう念を押されれ、お楽が約束を破れば、舟幸に押し入ると脅された。

行灯《あんどん》の油はたりておりますでしょうか、と仲居が障子戸の向こうから声をかけてきた。お楽が無言のままでいると、静かに足音が遠のいていく。銘々膳の上に貝のむきみあえと茄子の甘煮が並んでいた。冷めても味の変わらぬものである。

すでに石町《こくちょう》の時鐘は鳴りやみ、茶屋の隣の部屋から女の笑い声が聞こえてくる。一層声が響いたと同時に、襖が開きこざっぱりとした着流しの男が姿をあらわした。

膳の前にどかりとあぐらをかくと、間髪入れずお楽の肩を引き寄せ衿《えり》から指を這《は》わせるように胸へ下ろすと、袷《あわせ》の中へぐいと右手を差し込んだ。押し倒され、お楽の足が銘々膳を蹴り椀《わん》の中身が畳に散らばった。

「往生際がわりいなあ。作治の居所が知りたいんだろう？」

男の膝がお楽の裾を割り、内またを撫でてくる。男の生臭い息がお楽の首筋を這い、唇が男の口で覆われた。

男は片手でお楽の手首を押さえつけ、自らの着物を脱ぎ棄《す》てた。お楽は下帯姿の男の体に目を走らせた。

へその上二寸ばかりの場所に、皮の盛り上がった傷跡がある。

お楽は踵《かかと》で畳を三度蹴りつけた。

男がお楽の襦袢《じゅばん》の衿を摑みぐっと引いた刹那、男の体がお楽から剝がされた。畳にひっくり返った男に、岡っ引きの佐助親分が圧《お》し掛かる。男は頭をもたげ暴れたが足も押さえつけられ身動きができずにいる。

「神妙にしやがれ、三光鼠の作治！」

奇声をあげる男の手首を、下っ引きが縄で括《くく》ると、ようやくおとなしくなった。

「このくそアマ！　嵌《は》めやがったな！」

お楽は乱れた着物を直しながら、震える指先をどうにか落ち着かせようと大きく息を吐いた。口に残る作治の臭いを袂でぬぐいとる。

——やっぱり、この男が三光鼠の作治だった。

橋の下で作治のことをたずねたとき、以前道でお楽を怒鳴りつけた男に似ていると思ったが確信が持てなかった。腹の傷を確かめるには、お楽自身を餌にするしか思い至らなかったのだ。

下っ引きが縄尻をとって作治を引きずり部屋を出ていくと、佐助がこぼれた茄子の甘煮をひょいと口に入れて、立ち尽くすお楽を見あげた。

「お嬢の話は半信半疑だったが、ほんとうに作治だったとは、こりゃあおどろきだ」

しかも自分の身をおとりにして腹の傷を確かめるから、隣の座敷に控えていてくれなぞ、大店の娘の性根じゃあありえねえと額の汗をぬぐう。

おたずね者の作治が江戸に潜伏していることはわかっていたが、夏以降姿を見せなくなっていた。まさか江戸橋の袂に潜んでいたとは見落としだったと、佐助は舌打ちした。

「これであの者は打ち首でございますよね」

「盗みに加えて、あちこちで行きずりの女を手籠めにした罪状もある。こっからやつを吐かせて、手下どもも一網打尽にしてやるぜ」

お楽は佐助に、金子を渡した。着物や簪を古着屋に売り得た金だった。

「親分さん。これで引合を抜いてくださいな。ここであった一切のことは、私に関わりないことでございます」

五

舟幸に新暦の摺《す》り物《もの》が届くころになると、大節季《おおせっき》の掛《か》け乞《ご》いたちが町を闊歩《かっぽ》し、一年の始末をつけようと活気が満《み》ち溢《あふ》れはじめた。

舟幸の店先で職人が門松を立て、入り口近くに四人の餅搗《もちつき》が、竈《かまど》や蒸籠《せいろ》、臼、杵《きね》を担いでやってきた。宿で用意した糯米《もちごめ》をわたすと、ほっこりと蒸しあげて臼に移し、威勢よく掛け声をあげながら餅を搗《つ》いていく。奉公人や宿に泊まっている水主たちが集まりはじめた。

作治がお縄になってすぐ、お楽は摂州に向かう船の船頭に、鶴田丸の巳之吉にあてた文を託した。文には、お楽が三光鼠の作治を捕らえ、ちかくお沙汰が下ることと、願わくば舟幸の行く末を、巳之吉と共に歩みたいとしたためたのである。あれから二月《ふたつき》が経《た》つが、いまだ巳之吉から返信はない。

(年が明けるまでに、おとっつぁんとおっかさんに巳之吉のことを伝えないと)

結納《ゆいのう》を取りやめたいなどと言いだせば、ふたりは紅屋に顔向けできないと嘆くだろう。しかし、きっと巳之吉の男っぷりを気に入るはずだ。おゆうなぞ、お楽あんたは見る目があると褒めてくれるに違いない。

（新しい着物を仕立てないと。巳之吉さんに会ったとき、いっとう綺麗《きれい》な私でいなくては）

お楽はおすまを連れて、本町《ほんちょう》の呉服屋へ出かけた。

店先の敷居《しきい》に腰をおろすと、すぐに手代がいくつか着物を見繕ってきた。一月に合わせて冬牡丹《ぼたん》の染め抜きがあでやかな着物をあつらえてもらう。店を出てすぐ、巳之吉の着物もあつらえようかと思いついたとき、雑踏の中から聞きおぼえのある錫杖の音が聞こえてきた。

先を歩いていたおすまが、立ち止まったお楽に、どうしましたと声をかける。

「先に戻っておくれ」

「でも……」

暮れの町は、足早に駆けるお店者や、観音の市や捨市《すていち》で正月支度を買いこんだ町屋の人びとがあふれかえっている。心配ないと説きふせ、おすまを先に帰した。

伽羅《きゃら》の油売りの店先に立つ白装束の修験者が、お楽に向かってひらひらと手を振っている。錫杖がジャラと鳴り響くが、なぜか道行く人は修験者に見向きもしない。この忙しい暮れに、人にかまける余裕などないのだろうか。修験者は笑みをたたえながら道を渡ってきた。

「おや、以前のお楽さまとはずいぶん顔つきが様変わりいたしましたね」

「ちょうど法師さまに乗せられ、愚かなことをしたと悔いていたところでございます。鐘を撞いたのに、巳之吉は江戸を発《た》ってしまいました」

あんな出鱈目《でたらめ》な話に乗ってしまった自分が愚かだった。おそらくこの男は、遠州観音寺なる寺から六十余州を渡り法談を説き、仏法の要義を広め、信者を増やそうとしているにちがいない。やはりおのれの欲は自身で叶えなければならないのだ。お楽が巳之吉のために悪党を捕らえたように。

「無間の鐘で人の弱みにつけこむなんて、仏僧のいたすことではございません」

「いいえ。あれはまことに観音寺の鐘でございます」

口のうまい男だと思った。立ち去ろうとするお楽の背に、修験者が声をかけた。

——いまごろ、想い人の心の中は、あなた様のことでいっぱいでございます。

舟幸の前に、人だかりができていた。まだ餅搗たちがいるのかと人垣をかき分けると、目を疑う事態が起きていた。

「どうして？」

店の真ん前に、両肩を水主らに押さえつけられた巳之吉がうずくまっている。その背後に眉を歪める伊三郎のすがた。番頭の利平が、巳之吉の背後にまわり縄を括っている。

立ち尽くすお楽に気づいたのは、巳之吉だった。巳之吉は浅黒い顔を持ち上げ、お楽に向かって唾を吐いた。利平が頭を殴るも、巳之吉は体をよじって立ち上がろうともがいている。

「巳之吉さん？」

巳之吉は旅の扮装《なり》をしていた。足元は汚れた脚絆《きゃはん》。道には紐《ひも》で結んだ振り分け行李《ごうり》が転がっている。ようやく会いに来てくれた。だが、なぜ自分は唾を吐かれたのか。

伊三郎が、店を閉めろと命じた。水主らが巳之吉の腕を摑み土間へ引きずり込むと、手代たちが店の戸を固く閉めた。表から野次が飛ぶ。戸に心張棒《しんばりぼう》をかけると、やがて通りから人が散り散りになる足音が聞こえた。巳之吉は土間に座らされ、暴れないよう水主と利平が肩を摑んでいる。おゆうと奉公人たちは、帳場の向こうから巳之吉をこわごわと見つめていた。

「お楽、この男とどのような縁があるんだい。とつぜん店に押しかけて、お前を出せなどと叫んで、なんとも体裁のわるいことだよ」

伊三郎が土間に立ち尽くすお楽の顔をのぞきこむ。

「おとっつぁん……私はこの人の代わりに極悪な男を罰しただけです」

巳之吉が探していた盗人を、代わりに捕らえた顚末《てんまつ》を話すと、板間でおゆうが小さく悲鳴をあげ、卒倒してしまった。おすまは「なんておそろしいことを」と震えながら首をふっている。

すると巳之吉が体を捩《よじ》ってお楽をにらみつけた。

「江戸に到着したら、盗みでもしてお縄になろうと思ったが、都合がいい。ここでてめえをぶっ殺して牢《ろう》に入ってやる！」

お楽は後退《あとずさ》りした。下足場に背が当たり、砂がぱらりと零《こぼ》れ落《お》ちる。

「三光鼠の作治をぶっ殺すのが、俺の生きがいだった！　妹の仇《かたき》だというのに、なぜてめえが罰を下すんだ！」

巳之吉には、たったひとりの妹がいた。はやくに両親を亡くし、下駄《げた》職人になった巳之吉が親代わりとなって妹の面倒をみていたという。やがて妹は宿場町の女中として働くようになり、巳之吉も親方のあとを継いでそこの娘と所帯をもつ約束を交わしたのだ。

三光鼠の作治が妹の宿に居座ったのは二年前。妹は作治に身も心もひどい目にあわされ、やがて首を括《くく》ってしまったという。

巳之吉は仇をとるため、船乗りになった。いずれ江戸へ戻るだろうとあたりをつければ、運よく作治の女の居場所をつきとめたのである。

「せっかく追い詰めたのに、てめえが邪魔をした。その上、てめえで捕まえたなどといけしゃあしゃあと文をよこしやがって。しかも夫婦になれなどとふざけたことを！」

呆然《ぼうぜん》と立ち尽くすお楽は、巳之吉の言葉の半分も理解できずにいた。やがて店の者が呼んだ佐助親分が駆けつけた。佐助はお楽の顔を見て少しだけ口の端をつり上げたが、すぐに巳之吉の前にしゃがみ顎を摑んだ。

「なにがあったか知らねえが、あとは三四の番屋で引き取らあ」

「おい、目明かし（岡っ引き）。三光鼠の作治はまだ大牢《たいろう》におるか。だったら早く俺を牢に入れてくれ。この手であいつの首をへし折ってやる。妹が首を括った苦しみを、やつにも味わわせてやる」

佐助は意地汚い男だが、相当勘が働く男だ。作治の名を聞き、はっとお楽に目をやった。

「……そういうことかい。なんとも若え娘のしくじりってやつだなあ」

深く息を吐いた親分は、巳之吉に向かって言った。

「きのう作治は小伝馬《こでんま》の死罪場で首を落とされた。手下どもが落とし前をつけてくれると、笑いながら死んでいったそうだ」

いつか三光鼠どもを一網打尽にしなければと佐助は呻《うめ》いた。

巳之吉の両眼から涙があふれる。乾いた唇がかすかに動いていた。妹の名を呼んでいる。

お楽の体は知らぬうちに震えていた。

良いことをすれば、それはさらに大きな恩として戻ってくるのではなかったか。悪人を捕らえたら、それを憎む者から喜ばれるのではないのか。巳之吉は、お楽に笑顔をむけてくれるのではないのか。

「作治を生き返らせてくれ！　今すぐここに連れてこい！」

巳之吉は土間に顔を伏せ、後ろ手を摑まれたまま絶叫した。

「てめえのことは、一生忘れねえ。この胸に、お前の面を刻んで呪い続けてやる」

巳之吉の心の中は、お楽のことで満たされたのだった。


人を好きになると、うれしさよりも苦しさが増すのはなぜでしょう。そういう苦しさすらも受け入れることができてようやく、人を愛おしく思うということなのでしょうか。こればかりは、仏法でも語られることはございません。もしかしたら、正しい情の通わせ方なる指南書があるのやもしれませんが、恋路が一辺倒では面白くありませんよね。

その後の顚末でございますが、巳之吉はお縄になることなく、放免されました。人様の店に怒鳴り込み、ひとりで大泣きしただけですから。

さて、お楽でございますが、しばらくはなにも口にできぬほど弱り寝こんでおりました。店の者たちにも顔向けできぬと憔悴《しょうすい》しきり、ついには出家して尼になるとまで言い出しました。それが叶わぬとなると、断食をして死ぬとまで。

そんな捨て鉢なお楽を現世へ引き戻したのは、結納を交わした料亭の次男坊、益次郎でございます。端午の節句をすぎたころ、益次郎が舟幸に婿入りいたしました。お楽の傷心を思えばなんとも無体なと思われるでしょう。

ですが、婿を迎えたいと申したのは、ほかならぬお楽自身だったのです。

お楽は、善によってこの世は成り立つと信じておりました。ですが実はそんな綺麗ごとではまわっていないことも、とうに知っていたのです。むしろ誰よりもこの世は醜悪で欲の塊でできていると感じておりました。それを覆い隠すために、お楽は善行を繰り返していたのでございます。

だって、橋の袂で寝転がる無宿の者たちが、腹が減ったと襲いかかってきたらどうします？　怖いでしょう？　お楽は考えたのです。腹をいっぱいにさせておけば、怖い思いをせずに済む、と。それがお楽という娘だったのです。

ですから我が身に降りかかった災厄を、寿《ことほ》ぎで覆い隠してすべてなかったことにしようと思ったのかもしれません。

なにも知らぬは、婿ばかり。その後の舟幸は申しますと、お楽を守るために一層固い絆《きずな》で結ばれた奉公人らの働きと、益次郎の人柄が功を奏し、たいそう繁盛したようでございます。

ただ、お楽はひとつ気がかりがありました。無間の鐘の真偽はわかりませんが、巳之吉の心の中に恨みが満ち溢れている限り、お楽の子は今生地獄を見るのです。さすがのお楽も子を生《な》すのをあきらめた……とお思いですよね、清吉さん。自身の子が不幸になるなんぞ、親としては辛抱なりませんでしょう？

お楽は益次郎との間に男児をもうけました。お楽の考えは至極単純でございます。不幸せになることがわかっているのなら、それ以上の幸せを注《そそ》ぎ込《こ》めばいいと思ったのでしょう。

悪人の数よりも、善人の数を増やせばよい、の理屈でございます。

ああ、その通り。まるで戦国の世の合戦でございます。戦はたいていが足軽の数の多さで勝敗が決します。まれに奇策をめぐらすことに長《た》けた戦術家がいたりしますが、それは極めて珍しいことでございます。

生まれ故郷に帰った巳之吉は、船を降りて下駄職人に戻りました。妹の無念を晴らせず生きがいもなく、作治とお楽への恨みばかりを抱き下駄を拵《こしら》えておりましたが、やがて夫婦になると誓いあった下駄屋の娘と添い遂げました。娘はずっと巳之吉を待ち続けていたようでございます。

それから巳之吉にも子が生まれました。死んだ妹によく似ていたそうでございます。その子が生を享《う》けたのが、ちょうどお楽が男児を生んだ日と同じでした。

その日から、巳之吉の心は我が子のことでいっぱいになったようでございます。
当然その中にお楽はかけらも残っておらず、無間の鐘の因業は届きませんでした。

真実の鐘

雨足が弱まってきましたね。風の音も遠ざかっているように思います。ほら、岬に打ちつける波の音も小さくなっていませんか？　あと一刻《いっとき》ほどで日が昇ります。雨が止《や》めばだれかが助けを呼びに行くこともできますね。

ずっと私がひとりで話し続けておりますが、そろそろ、みなさんのお話も聞きとうございます。

そういえば、難破した船の名はなんと申されます？

駒王丸《こまおうまる》。なんとも力強い名でございますね。知っておりますか？　異国の戦艦や商船は、女名を付ける船体もございます。驚くことに、異国ではおなごが君主となり民を治めることがあるそうです。船が女名になることはおかしなことではないんですね。

この世はなんとも広い。私の知らぬことばかりです。いつか大海を越えて異国を旅してみたいものです。

たしかに今まで話してきた中には、強いおなごが幾人も出てまいりました。その猫も雌のようです。すいぶん気が強いのでしょうね。

そういえば少し気になったのですが、さきほど言い争いをしていた若いほうのお方。あなたの顎の髭《ひげ》に、なにかこびりついております。猫と同じ、血のかたまりとおみうけしますが違いますか？

ちょっと蠟燭《ろうそく》を寄せますよ。ほら、あなたは怪我《けが》をしていないのに。みなさんを灯《あか》りで照らしてみても、大きな怪我をしている方はいらっしゃいません。船から逃げるときの擦り傷はあるようですが、血が流れ出るほどの怪我を負っている方はおられませんなあ。

船で何かあったのでしょうか。

いま私の背後で立ち上がったおふたりは、先ほどから髭のお方とよく視線を交わしておいでで、とても仲がよろしいとお見受けします。

おふたりさん、どうぞ元の場所にお座りになって、もう少し私の話にお付合いくださいな。

今でこそ、私は仏の理《ことわり》を説いておりますが、若いころはとんでもないいたずら坊主でした。ちょうど同い年の寺男がおりまして、これとよく悪さをしました。

食べ盛りでしたから、ふたりで寺に寄進される食べ物を盗み、こっそり食うなど日常茶飯事。鳥やイノシシの肉など、村に下りて好き勝手に食べておりました。おなごもよく知っております。だって、この面構えです。たとえ坊主であろうと、おなごが寄ってきて仕方ないのですよ。

女の奥深さは、どのような仏法でも知ることはできません。年がら年中読経では居眠りをし、夜はこっそり庫裡《くり》で飯炊き女と逢引《あいび》きし、金を盗んでは遊び惚《ほう》けておりました。

やがて私と寺男は、ある役目をおおせつかることになりました。

我が寺は少々変わっておりまして、一年中信者がおしよせておりました。近くの村々には参詣する旅人のための宿が立ち並んでおります。私はその宿から山寺へ参詣客を引き連れていく役目を任されたのでございます。

清吉《せいきち》さんは察しの良《い》いお方です。さよう、我が寺は遠州小夜《えんしゅうさよ》の観音寺《かんのんじ》。みな、鐘を撞《つ》きに来るのです。ときに国司様や都の姫様がおいでになられることもありましたが、身分の隔たりなく、順番が回ってくるのを待つのです。

これは金になる、と私どもは思いました。

順番を早く回してもらいたい者から、袖の下をいただきました。帳面の名前を、ちょちょいと書き直すのです。

あれはよい小遣い稼ぎになりましたが、横着をすれば誰かにしわ寄せがいくのです。罪の意識というのは徐々に薄れていくもので、タガが外れたときにようやく人は、おのれの愚かさに気づくのでございます。

一

おめえはすげえやつだと、人から言われた。根太郎《ねたろう》は欠伸《あくび》をして、なにがだいと目の前の男に問いかける。

「大牢《たいろう》で眠りこけるやつなんぞ、はじめてお目にかかった」

そうぼやいた男は、役付き囚人の牢内役人に黙れと怒鳴られ、ひゅっと喉を鳴らして口を閉ざした。

薄暗い東の大牢は、奥行き三間幅五間の中に囚人が押しこまれている。平囚人は一枚の畳の上に幾人も尻を乗せ、膝を曲げて一日中同じ格好で過ごさねばならない。寝るときも互いの肩に背を乗せるから、体が石のように固くなる。多くの囚人は、このまま気がおかしくなって死ぬのではないかと恐怖にかられるものらしい。

根太郎は、なぜかこの地獄のような大牢でも、しっかりと眠れている。わずかな食事を口にし、病にかかることなく牢の中で半月余りを過ごしていた。

慶応三年二月の初午《はつうま》の日に、酔っ払いと喧嘩《けんか》をして、相手の眼《め》をつぶしてお縄になった。もうすこし早く出られると思っていたが、そろそろ牢生活にも飽きてきた。

根太郎は鼾《いびき》がうるさいらしく、夜中に何度かキメ板で背を殴られたが、どうにか生き延びている。

(なんもせず飯が口にできる。動かなけりゃあ牢内役人に目をつけられることもねえ)

あと半月もすれば、敲《たた》きの上放免だ。喧嘩相手が大店《おおだな》の跡取り息子だったのが運の尽き。本業の空き巣で捕まらなかったのは不幸中の幸いだ。ここを出たら、ねぐらに隠した金を手に、しばらく江戸を離れよう。

生まれも育ちも江戸っ子で、朱引きの外には一歩も出たことはないが、寝る場所さえあればどうにか生きていける。働かなくとも、たんまり貯《た》めこむお店《たな》に忍びこみ、一両、二両だけ拝借すれば、すぐに悪事は表ざたにはならない。たとえば同業で三光鼠《さんこうねずみ》と名乗る盗賊団がいる。羽振りの良い店の金を根こそぎ奪っていくが、あれは利口なやり方ではないと根太郎は思っていた。

丁稚《でっち》奉公のころから手癖が悪かった。はじめて盗んだのは、店の台所にある大福餅だ。朝晩の飯だけでは腹が膨れず、女中らが店の噂話《うわさばなし》に夢中になっている隙に、水棚に隠してあったおやつを拝借した。十個のうちひとつなら、すぐには見つからない。

ひとつだけ盗む癖は、手代になっても続いたが、悪いことはお天道様《てんとさま》がみているもので、十八歳の春、とうとう店の売上金を一両だけ抜き取ったのを主人の伊左衛門《いざえもん》に知られ、店を放り出された。

あれから十年。日雇いで糊口《ここう》をしのいでいたが、根っからの無精者ゆえ人様からほんの少し分け前をいただく暮らしから抜けられない。

見張畳《みはり》にあぐらをかく牢名主《ろうなぬし》は、朝から酒を呑《の》み、平囚人から差し出された芋の煮ころがしを頬張っている。酔興で芋をひょいと床に投げると、牢内役人が飛びつき奪いあう。そのうちのひとつが根太郎の足元に転がってきた。平囚人ごときがこいつに触ったら折檻《せっかん》される。足を尻に引き寄せたとき、左隣に座る囚人が、それをそっと手の中に包みこんで隠してしまった。ちょうど格子窓から薄い日がさしこみ、男の顔を照らした。

(なんっちゅう別嬪《べっぴん》な男じゃ)

驚き唾を飲む。これほどの容貌美麗の囚人がそばにいたとは。入牢してきたときは、捕物で殴られたのか、顔が膨れあがって気づかなかったのだろう。

「くそ、どこに転がった!」

わめいているのは三番役の牢内役人で、舌打ちして牢名主のそばに戻っていった。

根太郎が安堵《あんど》の息を吐くと、色男もふうと息をつき、「ありがとうございます」と囁《ささや》いてきた。牢内役人がおっかなくて口を閉ざしただけだが、礼を言われて否定するのもばからしい。いいってことよ、と笑い返すと、色男は深々と頭を下げて、芋をひょいと口に放りこんだ。

「ここの飯は不味《まず》すぎて往生しております。あさましいとお思いかもしれませんがご容赦を」

「いいってことよ。ひもじくなるくれえ惨めなことはねえ」

みたところ悪さをするような男には見えない。なんの罪で入牢しているのかたずねると、男は指二本を口元に寄せて「これでございます」と息を吐くしぐさをした。

「煙管《キセル》？」

「あなた様はご存じないかもしれませんがね。天保《てんぽう》の御直しで、世を乱すと断じられた品がございまして。まさか、いまだにそれで捕まるとは思いませんでしたよ」

呑み屋で一服していると、床几《しょうぎ》で隣り合った客が見事な細工の煙管だと褒めてきた。男はうれしくなって、これは錺《かざり》職人の二代目久兵衛《きゅうべえ》が手直しした逸品だと自慢すると、たまたま居合わせた岡っ引きの目に留まり、あっけなく捕まってしまったという。

「しけた罪だなあ」

「あなた様は？」

「お店《たな》の馬鹿息子を殴った」

根太郎の目は、左右で大きさが違い、幼いころからよく馬鹿にされていた。酔いの席とはいえ、根太郎の顔をみて笑う男に腹が立って殴り倒したのだ。

「しけた罪ですなあ」

ちげえねえ、とふたりで笑いあう。

「ちかいうちに、入牢する前手なずけた番太郎が、私に差し入れを寄こすことになっています。そのときはぜひお礼をさせてくださいな」

食べ物ならば牢内役人に没収されるだろうが、こういうのは心持ちの問題だ。ありがてえなあと応えたとき、牢内に響いていた牢名主の笑い声がふっと途絶えた。あちこちで囁きあっていた平囚人たちの話し声もぴたりと止む。色男も口を閉ざし、顔を伏せた。

獄舎の外から「大牢！」と入牢の知らせを告げる声が響いた。

咎人《とがにん》が小伝馬《こでんま》の獄舎に入牢してくるのは、日暮れと決まっているらしい。下帯姿で大牢に放りこまれた新入りが、怯《おび》えながら牢名主を見上げている。牢内役人のひとりが、キメ板で新入りの尻を叩《たた》くと、牢名主が名前と罪状をたずねた。

「本石町《ほんごくちょう》、化粧紅屋《べにや》手代忠次郎《ちゅうじろう》……」

「ふふ、こやつは女を殺したそうでごぜえますよ、お頭《かしら》」

牢内役人が、牢名主に耳打ちするのが聞こえた。

(忠次郎だって？　あの忠公か！)

根太郎は、怯える新入りを見つめた。薄暗く顔かたちから判別はできないが、聞きおぼえのある声だった。

その後忠次郎は、裸のまま床に投げ倒された。根太郎の目の前で忠次郎がまるくなって震えている。声をかけようか迷ったが、根太郎は目を閉じ膝の間に顔をうずめた。

翌朝、忠次郎は根太郎たちの畳に押しこまれた。端の囚人が狭いと文句を垂れている。

（こりゃあまずいなあ。今宵《こよい》は誰かが絞められるぞい）

囚人が増え畳に隙間がなくなると、人を減らして空間をつくる「作造り」が実行される。二番役が牢名主にうかがいを立て、ほかの牢内役人らと詮議のうえで、間引かれる者が選ばれるのだ。

のんびり寝ていられるならよいが、目の覚めぬ眠りは勘弁だ。背中側の巨体の男が間引かれるか。しかし抵抗されて表の役人どもに知られたら、作造りは失敗し牢名主の落ち度となるだろう。

となれば、次いで体がでかく、牢名主に差し出す金銭のツルもなく、つまらぬ罪状で捕まった根太郎が餌食になるだろう。ひゅっと背筋が寒くなる。牢内は罪が重い者ほど敬われる。小さく身を縮めて座る忠次郎を横目で睨《にら》んだ。

「おい、おい」

根太郎は、隣でうずくまる忠次郎に声をかけた。

「久しぶりだなあ、忠公」

口を引き結んでいた忠次郎が、呆然《ぼうぜん》と根太郎を見つめている。

「まさか、根太郎？」

「殺しだって？　ずいぶんと度胸がついたじゃねえか。昔は手代頭に叱られりゃあびいびい泣いていた小僧がよお」

「……それはおめえもだ」

しばらくにらみ合っていたが、ふっと互いの口元が緩んだ。九歳の初午の日に、紅屋の小僧として奉公に上がり、十年ともに過ごした同朋《どうぼう》だ。牢の中で再会するとは思わなかったが、忠次郎は根太郎にとって生涯の友と認めたただひとりの男だった。

紅屋は大奥御用達《ごようたし》の化粧薬屋で、日本橋《にほんばし》のお店番付では常に大関の座に名を連ねていた。奉公人のしつけは厳しく、小僧は一日中手代らの仕事を立って見つめ、用を仰せつかると疾風のごとく駆けていく。少しでもへまをすると、ひと晩でも蔵に放りこまれ、飯を抜かれた。根太郎は幼いころからぼんやりした子で、簡単な雑用もこなせず丁稚頭からしょっちゅう折檻をうけていたのである。

「ありがてえことに、いっつも忠公に握り飯を差し入れてもらって、飢えをしのいだもんさ」

忠次郎は、根太郎と正反対のまじめで器用な子だった。店の売り物はすべて頭に入っており、大福帳に記された顧客の名も、手代から聞かれるとすぐに答えられる才を持っていた。末は番頭になると期待された通り、十年ほどで手代頭に抜擢《ばってき》された。同じころ、根太郎は店の金を使いこみ店を出されたのだった。

「なんで人様の命を奪いやがった」

「ちがう。私は嵌《は》められたんだ。人様を殺《あや》めるなんぞ、そんな恐ろしいことできるもんかい」

なにがあったとたずねると、忠次郎はわからんとうなだれた。

ひと月ほど前、紅屋が世話した大店同士の祝言が執り行われた。お勝手の手伝いに紅屋の奉公人もかなり人を割いたが、店を空にするわけにいかず、忠次郎がひとり店に居残ったという。

「その日、女中のひとりが姿を消した」

どこかで油を売っているのだろうと思われたが、夜になっても店に戻ってこない。店総出で探したところ、内蔵《うちぐら》で胸を刺されこと切れた女中が見つかった。

店が騒然となる中、「あの子、忠次郎さんに惚《ほ》れていた」と言ったものがいた。疑いの目が一気に忠次郎に向けられたという。

「抗弁しても埒《らち》が明かない。毎日岡っ引きが私を責め立てていくのさ」

半月ほどたち、とうとう大番屋に連れていかれた。祝言のさなかに女中と逢引きするつもりが、痴話喧嘩《ちわげんか》でもして刺したのだろうと言われたとき、あまりに突拍子もない筋書きに口元が緩んだ。それが笑っているように見えたらしく、とうとう入牢が下達され、小伝馬牢に連れてこられたのだった。

「ほんとうにやってねえのか？」

「死んだ女中は奉公に上がったばかりで、名前すら知らん」

紅屋では、表店の男衆と奥の女中が話をすることは固く戒められている。

「女が死んだ日、私は春の売り上げを合わせていた。帳場からも出てはいない」

小僧のころから、忠次郎は紅屋を支える大番頭になるのが夢だった。そのためならばどんな仕事も率先して行い、寸暇を惜しんで学び続け、忍耐と器量と徳によって手代頭にまで出世した。

いまさら店の顔に泥を塗るようなことをするはずがないと唇を噛《か》んでいる。

「心当たりはなにもねえのか」

「……ひとつひっかかることはある」

そう言って、周囲に目を走らせた。

「うちが大奥と深いつながりがあるのは知っているか？」

紅屋は、白粉《おしろい》や紅、つぎの薬などを城に納める大奥御用達として勇名をはせている。

十五代将軍徳川慶喜《とくがわよしのぶ》は大奥に足を踏み入れることなく政務に邁進《まいしん》しており、この先奥の女中らはすべて暇を取らされるだろうと噂されているが、いまだ薨御《こうぎょ》された十四代将軍家茂《いえもち》の御台所《みだいどころ》であった静寛院宮《せいかんいんのみや》（和宮内親王《かずのみやないしんのう》）と、十三代将軍家定《いえさだ》の御台所天璋院《てんしょういん》は大奥の主であり、紅屋も以前と変わらず品を納めていた。

「実は紅屋は、御公儀の財の一部を預かり管理する役目をおっておる。いざ変事が起きれば、江戸市中でいくつかのお店に分けられたそれらの御用金を、各自が守り通すことになっているのだ」

その財の一部が、蔵の奥に隠されていたらしい。死んだ女中は、それを知って内蔵に忍びこんだに違いない。

「ってえことは、下手人は店の中のだれかということか」

「紅屋でそれを知る者は、旦那様と番頭の六兵衛《ろくべえ》さん。そして手代頭の私だけだった。だが女が殺されたとき、ふたりは店にいなかった。もちろん私でもない。考えられるのは、御用金のありかをかぎつけた盗人《ぬすっと》が、手薄の日を狙って忍びこんだのかもしれない」

そこに女中が居合わせ、刺されたのだろう。

「店としては御用金のことは表ざたにはできないってことか」

「旦那様と六兵衛さんが、少しだけ辛抱してくれりゃあ、すぐに怪しいやつを探し出してやると言っていたが、事が事だけに望みは薄い。入牢しちまっちゃあもうおしまいだ」

「忠次郎……」

若いころの根太郎は、生真面目な忠次郎を馬鹿にしていた。いくら身を粉にして奉公しても、高級料亭で酒が呑めるようになることはない。金をためて吉原《よしわら》の花魁《おいらん》を相敵《あいかた》にできるわけでもない。人にこき使われる一生なんぞごめんだ、と。

一方で、仕事に誇りを持つ忠次郎を内心うらやましいとも感じていた。根太郎は道を踏み外したろくでもない男だが、友にはいつまでも真っすぐ生きてほしいと願ってしまう。

小伝馬に入れられたあとで、別の下手人が見つかるなど都合の良いことが起こるわけがない。忠次郎は死罪となって事件はおしまいだ。

「おっかあにもう一度会いたかった」

忠次郎の目から涙が零《こぼ》れ落《お》ちた。忠次郎が紅屋に奉公に上がり、身を粉にして働いてきたのは、女手ひとつで忠次郎を育ててくれた母を、貧しい暮らしから救い出すためだった。

助けてやりたいが、根太郎にはどうすることもできない。力を落とすなと口を開こうとしたとき、とつぜん忠次郎が牢内役人に襟首を掴《つか》まれ、見張畳に寝そべる牢名主のもとへ引きずられていった。

二

忠次郎への仕置きは、すでに半刻《はんとき》ちかく続いている。

「あのお方は無実の罪で首を落とされるのですね」

隣の色男が、根太郎にそっと耳打ちしてきた。

「聞いていたのか」

おめえには関わりのないことだと言いかけたとき、色男も牢内役人に呼ばれた。立つのもやっとの様子で格子まで這《は》っていくと、鞘《さや》土間にいる張番《はりばん》から包みを受けとった。それを牢内役人が奪い取り中を検める。牢内役人は薄ら笑いを浮かべて手を振った。

畳に戻ってきた色男の手には、奇妙なものが収まっている。手のひらに乗るほどの小さな鐘で、もう片方の手には丁の字の撞木《しゅもく》がにぎられていた。

「なんだそりゃあ」

「これは私の命よりも大切なものなのです」

「そんな鐘が？　けったいなことをいう」

そういえばあんたの名は、とたずねると、

「十三童子《じゅうさんどうし》」

と男は名乗った。僧侶ならば東の奥揚屋《あがりや》に入れられるのではと思ったが、通り名なのかもしれない。

「先日、あなた様にお礼をと申したのを憶《おぼ》えておりますか？」

十三童子は鐘を目の高さに掲げてみせた。

「ここだけの話ですが、これは無間《むげん》の鐘と申します。これを撞いた者は、富貴を手に入れることができるのですよ」

お伽草紙《とぎぞうし》か怪談か、読み物で目にしたことがある。遠州の山寺にある鐘を撞くと、この世の富を手に入れることができるという。朝から晩まで鐘を撞くものが絶えず、とうとうそれは井戸の底へ埋められたというオチだ。

「この鐘は、まさに小夜観音寺の鐘でございまして。同じ、というわけではございませんが、傀《かい》儡《らい》、仏の姿を模した仏像のようなもの、とでも申しましょうか」

「さっぱりわからん」

「これを撞けば、あなたの願いを叶《かな》えることができます」

「金持ちになれって？　わしはそんなもんは望んじゃいねえよ。寝て過ごして今日のおまんまが食えるだけの金が手に入れば満足さ」

「どのような願いも叶えられます。ただ、なぜか金銭に関する願いが大半で、いつしか富貴を手に入れられる鐘という噂がひろまったのでございます」

「撞くことと引き換えに、無間地獄《むげんじごく》へおちるんだろう？　まったくくだらねえ説法だ」

人の世は、前世・現世・来世によって成り立っていると幼いころに手習い所で教わった。次の世で豊かに暮らしたければ、この世で徳を積めと説教されたが、根太郎はそんなものあるわけがないと笑い、師匠からげんこつを食らったことがある。

母親が病で息を引き取ったのは、根太郎が五歳のときだ。父は根太郎が生まれる前に喧嘩で人を殺めて打ち首となったという。亭主とはお縄になる直前に離縁したというが、人殺しの子を育てることが重荷になっていたらしい。やがて心の臓の病で寝こむようになり、あっけなく死んでしまった。長屋の差配《さはい》が異臭に気づいたのは、母の死後五日目で、根太郎は、腐敗した母の横でじっと座っていたという。その後、根太郎は子のない夫婦の養子となり、九歳のとき差配の口利きで紅屋に出された。

根太郎は腐っていく母を見つめながら、人というのは死ねば裏店《うらだな》の隅に植えられた草木のように枯れておしまいだと知った。目に見えぬ魂とやらが健やかに旅をするなどありえない。来世などまやかしだと、齢《よわい》五つにして知ったのである。

「来世にすがる者は、鐘を撞くことができないってことか。つまりこの鐘は、この世のまことの道理を心得たものが撞くことのできる鐘なんだな」

「うがった考えをするものです」

十三童子が、ククと肩をゆらした。

「生来ひねくれもんでねえ」

とはいえ、なぜか無間の鐘については信じようとする自分がいる。こんな暗闇の中で過ごしていると、まともにものを考えられなくなっているのかもしれない。だから、根太郎はつい口にしてしまった。

「今すぐ忠次郎をおっかさんに会わせてやりたい。おっと、作造りにあって屍《しかばね》で出るってオチは勘弁だぜ」

こういううまい話には抜け道がある。乱杭歯《らんぐいば》を見せて笑った根太郎は、十三童子の手から撞木を取りあげた。

「鐘を撞けば、あなたが無間地獄へ堕《お》ちますよ」

「気にしねえな」

「それだけではありません。あなた様のお子が、今生地獄の責めを負いまする」

「子？　そんなもんはいねえ。だから怖いものはねえ。脅しても無駄だ」

そのようですね、と深く息をついた十三童子は、鐘を根太郎に差し出した。ずしりと重みが手のひらに伝わる。鐘から放たれる熱が腕を伝う。手にしてわかった。これはまことの無間の鐘だ。

牢内役人たちが、忠次郎を蹴りながら、女をどう犯したのかとあざ笑っていた。根太郎は頭を抱えてうずくまる忠次郎を横目に、撞木を摑む手に力を入れた。

その刹那。表から叫び声が聞こえた。火事を知らせる半鐘が、間断なく鳴り響く。近場で火が上がったことを知らせる擦《す》り半鐘《ばんしょう》だ。

獄舎の外とつながる小さな格子窓から灰色の煙が流れこみ、牢内は瞬く間に白く煙っていった。囚人たちが鞘土間に向かって叫び声をあげる。たすき掛けした鍵役が駆けつけた。囚獄石出《いしで》帯刀《たてわき》に次ぐ囚獄代理で牢屋同心の長である。小頭役や平番の役人がずらと並び、それぞれの牢の前に立ちふさがった。

「囚人七十名、牢役人長屋火急にて、囚獄奉行の下知により切り放ちを命ずる！　各々解放されしのちは、東両国回向院《ひがしりょうごくえこういん》へ立ち退き、三日のうちに同寺院か番所へ出頭すべし！」

囚人らが煙たさに目をしばたたかせながら、おおと声をあげた。我先にと内格子に詰め寄る。早く鍵を開けろと罵声が飛んだ。

「立ち帰らぬものは、微罪であれども死罪に処す！」

その声は一斉に解き放たれた囚人の歓声にかき消された。

根太郎は床にうつ伏したままの忠次郎の肩を担ぎ、引きずるように鞘土間へ出た。表に出ると白い煙が立ち込め、火消しの掛け声が聞こえてきた。表門が解き放たれると、囚人らが我先にと駆けだしていく。気を失ったままの忠次郎を背負って、風上に向かって逃げていく。近隣の住人も着のみ着のままで逃げまどっていた。

柳原土手まで出て足を止める。町屋の屋根に野次馬たちがよじ登っていた。土手にも首を伸ばす者がひしめき歓声を上げている。振り返ると、牢獄から立ち上る真っ白な煙が、一直線に空に向かって伸びていた。まるで龍のようだと見入っていると、背中の忠次郎がうめき声をあげ目を覚ました。

「なにがどうなっている？」

「火事で解き放ちがあったのさ」

三日後に番所に出頭すれば、罪一等減となり、死罪の者は島流しで済むかもしれない。

「恵みの火だせ、忠公。いまのうちにおっかさんに会ってこい」

「まさか、火事はお前が？　いや、そんなこと牢の中にいてできるわけがねえ。表に仲間でもいたのか？」

根太郎は片方の眉を吊《つ》り上《あ》げてみせた。

「地獄の閻魔《えんま》さんが手助けしてくれたんだろうよ」

鐘を撞いたと同時に鳴り出した半鐘は、根太郎の願いを叶えてくれたのだ。ついでに自分もおこぼれをもらってしまったが、余禄《よろく》をいただくのは性に合っている。

早く行けと背を押すと、忠次郎は「また会おう」と叫び、人ごみの中へ消えていった。

三

小伝馬牢からあがった火は、周囲二町を焼き鎮火した。牢囚が何名か逃げ遅れ死んだらしいが、周囲の住人に犠牲者はいなかった。

牢囚人が放たれた一報は、火が鎮火する前には城下に知れ渡り、どの家も心張棒《しんばりぼう》を固くかけ、若い娘は決してひとりで出歩くなと固く戒められていた。

根太郎は忠次郎と別れたあと、捕まる前に寝床にしていた柳橋《やなぎばし》ちかくの小さな稲荷神社《いなりじんじゃ》で野宿した。木の根元に埋めていた有り金を掘り返したあと、町が目を覚ます前に、ちかくの裏店に忍び入り、井戸を拝借して煤《すす》を流し落とした。軒先にぶら下がる法被《はっぴ》と股引《ももひき》、下帯と草履を身に纏《まと》えばいっぱしの大工である。

日が傾きだすまで両国橋の西側に建つ小屋を冷やかした。このあと回向院へ出頭すれば罪が軽くなる。

だが、と根太郎は両国橋を渡る中ほどで足をとめた。あと二日帰らなくても同じなら女を抱いて美味い酒を呑んでからでも遅くあるまい。東両国から歩いてくるお店風の男の背に、桜の枝が刺さっていた。橋から大川の水面を眺めると、花筏《はないかだ》が帯のように流れている。

知らぬうちに桜が満開になっていた。

(そういやあ、おかつは息災かねえ)

根太郎が紅屋にいたとき、おかつという通いの女中がいた。丸顔に丸い鼻がちょこんとのっかった愛嬌《あいきょう》のある顔をしており、根太郎は仕事を怠けてはおかつの姿を目で追っていた。口をきいたのはたった一度。おかつの父親が金の無心に来たとき、おかつが殴られているのを目にして助けたのだ。おかつに礼を言われ、その後はたまに目が合うと、おかつははにかんだ笑みを返してくれるようになったのだった。

だが、根太郎は相変わらず手癖が悪いままで、やがて店を追い出された。そのあと一年も経《た》たずおかつも店をやめてしまった。父親が賭場でいかさまをし、おかつを吉原の切り見世《みせ》に身売りすることで許しを得たと、のちに噂で耳にした。

懐に押し込んだ金を握りしめる。

好きあった仲ではない。おかつの不遇を耳にしたときも、こんな景気の悪い世の中じゃあ、そういうこともあるだろうと思っただけだ。ただ、ことあるごとにおかつのことは気に留めていた。盗みをしたあとや、女の体に圧《お》しかかったときや、道端でつぶれた花をみつけたときに、なぜかおかつの丸顔が浮かんだのだ。

気がつくと、根太郎の足は江戸へ引き返していた。柳橋に戻り御米蔵をいくと、敷地《しきち》内で野宿者たちが筒落米《つつおごめ》を拾っていた。二十年以上前、天領地から送られてくる米俵から落ちる米を集め、それを元手に銭貸しで成功した男がいたらしい。それにあやかって物乞いたちが集まってくるのだ。

大川《おおかわ》に沿って道を進み、山谷《さんや》までくるとすでに日が暮れていた。山谷堀の土手の上には、ゆらゆらと提灯《ちょうちん》の灯りが無数に揺れている。見返り柳が見えると、胸の奥が沸き立ち、衣紋坂《えもんざか》を下って五十間道《ごじっけんみち》を行けば黒塗りの冠木門《かぶきもん》が見えてくる。

(なんちゅう極楽浄土があるもんだ。こりゃあますます小伝馬には帰りたくないわい)

高張提灯を見上げながら大門《おおもん》の向こうを見ると、仲の町の通りに桜の木が満開の花を広げていた。両隣の店の二階から客と花魁が手を振り、夜空に舞う桜の花びらを摑もうとはしゃいでいた。

夜空に月が出ているはずなのに、町の明るさでぼやけて見えない。青簾《あおすだれ》がかかった茶屋を過ぎ、総籬《そうまがき》の大店を冷やかし歩くと自分も御大尽になった気分になってくる。だが、ひとつ裏通りに入るとどぶ板から饐《す》えた臭いが立ちのぼり、これこそ苦界だと背筋が冷えた。

通りすがりの花売りに、西河岸はどのあたりかたずねると、町の右奥にある開運稲荷のあたりだと指さされた。おかつが身売りされた店は、吉原《なか》でも場末の京町一丁目にあると人伝《ひとづ》てに聞いている。

西河岸に出てしばらく行くと、長屋の前でひとりの女郎が男の袖を引いていた。女の顔を見たとき、根太郎は「あっ」と声を上げた。客に袖にされ悪態をついた女郎が顔をあげる。

「おかつだろう？　わしだ、根太郎だ！」

白粉を厚く塗った顔は、すこし頬がこけているが、丸い鼻はおかつのものに違いなかった。名を呼ばれたおかつは、後退《あとずさ》りし踵《きびす》を返《かえ》した。その腕を摑んで引き留める。

おかつは胡乱《うろん》な目を根太郎に向けたが、乱杭歯と、左右の目の大きさがちぐはぐなことに気づいたようだ。

「嫌なところみられちゃったねえ」

乱れた髪を手櫛《てぐし》で撫《な》でながら、おかつは薄く笑った。だが口の端が小刻みに震えている。昔は恵比寿《えびす》のように目じりを垂らしてはにかむ娘だったのに。根太郎は胸を突かれた。

「どうしてここにわっちがいるって？」

「紅屋に出入りしている岡っ引きの親分と、いまも呑み仲間なのさ。前にお前さんの身売り先を教えてもらった。こうしてすぐ会えたのも幸先《さいさき》がいい」

金もあるぜと紙入れをちらつかせると、おかつは項《うなじ》に手を当てながら見世へ入っていった。

座敷《ざしき》に上がるといっても、三畳ほどの黴《かび》と汗と男の脂のような酸い臭いが染みついた小部屋だ。壁の漆喰《しっくい》は剝がれ、衣桁《いこう》にほどこされた蒔絵ははがれていた。それでもおかつの肌だけは、玉のように光っている。垢《あか》じみた着物の裾を手繰り寄せながら座るおかつがいじらしく、世間話もそこそこ、中引けの拍子木が鳴ったあとも、ひたすら抱き続けた。しまいにはおかつは気を飛ばし、翌朝さんざんなじられたが、夫婦の喧嘩のようでおかしくなり笑うと、ますますおかつは頰を膨らませた。

おかつは搔《か》い巻《ま》きを肩にかけたまま、火鉢の上でしゅんしゅんと音を立てる土瓶をかたむけ、湯飲みに白湯《さゆ》を注いだ。根太郎は煙草《たばこ》盆を寄せて、煙管に草を詰める。久しぶりの草の煙で、頭の芯がくらりと揺れた。

「あんた、仕事はいいのかい」

「今日は雨が降りそうだから大工仕事はないだろう」

「寝坊助の根太郎が真っ当に働いてる。こりゃあ、天地がひっくりかえっちまうよ」

おかつには、自分が解き放ちにある牢囚だと言い出せなかった。

おかつの搔い巻きを半分もらい、ふたり並んで朝もやのずっと遠くにみえる東叡山《とうえいざん》を眺めた。靄《もや》は微《かす》かに桃色をにじませている。

「むかし紅屋の旦那が、店のみんな引き連れて、上野《うえの》へ花見にくりだしたもんだ」

「そういやあ、紅屋で殺しがあったろう？　下手人があの忠次郎さんだって？」

おかつが顔を曇らせた。先日、店の遣《や》り手婆《てばば》から聞かされたという。

「信じられないよ。だって、あの忠次郎さんだよ。誰よりもまじめな男だったのに」

「よくわからねえけど、そうらしいなあ……」

御公儀に関わる秘密で女中が殺されたなどと口にしたら、根太郎とおかつの身も危うくなってしまう。本当の下手人が捕まるまで口外はできないと根太郎は思った。

「いまごろおふくろさんは気をもんでいるだろうなあ」

明日には忠次郎も番所に出頭するだろう。またしばしの別れで、下手をすると今生の別れになってしまうのだ。

「そんなわけないじゃない」

おかつが素っ頓狂な声をたて、ククと笑った。

「忠次郎さんのおっかさんは、とっくに亡くなっているじゃない」

根太郎の手から煙管が落ちた。灰が畳に落ち、おかつが慌てて手で払う。危ないじゃないかとぼやくおかつの細い肩を、根太郎はぐっと摑んだ。

「死んだってのは、いつの話だ」

おかつによると、忠次郎の母親は、十年前に病で死んだという。仲が良かった根太郎が、どうして知らないのかと怪訝《けげん》な色を浮かべたおかつは、すぐに合点《がてん》がいったとうなずいた。

「根太郎さんがちょうど店の金に手をつけて追い出されたときだったから、知らないのもむりはないよ」

どういうことか。

忠次郎は、母に会いにいっているのではないか。

(そうか。おふくろさんのように大事に思っているひとがいるってことにちげえねえ)

忠次郎は根太郎のまことの友だ。嘘《うそ》などつくわけはない。

「あのころは、さんざんっぱら悪事に手を染めちまったが、いまはほれ、こうして堅気でやっているさ」

胸の奥に痛みが走った。明日には番所へ出頭しなければならない。刑が軽くなるなら、自らお縄になるべきだ。

だが……。

また暗く日の当たらない獄舎で、膝を立てて寝る日々がはじまる。あんな場所でも快適だ、と自身の心を誤魔化していたが、ここで足を伸ばして快楽にふける喜びを知ると、やすやすと戻ることができない気がした。

「ねえ、根太郎さん。明日もきてくれるかい?」

「雨が降ればまたくるよ」

晴れたら番所へ。

雨が降ったら、戻らずここへ来よう。けちな喧嘩でお縄になった身だ。追っ手もかからないに違いない。

賭け事は好きじゃないが、一生に一度くらいは大博打《ばくち》を打ってもいいかもしれない。

四

腹立たしいほどの快晴だった。

賭け事の鉄則は、勝ち負けに従うことだ。舌打ちしながら、回向院近くの番所へ出頭すると、さっそく後ろ手に縄をかけられ、ほかの囚人らと小伝馬へ引き立てられた。

獄舎はすべて火消しに破壊されていたが、敷地内に仮小屋がいくつも建っていた。仕事が早すぎらあ、と集められた囚人がぼやくなか、牢役人らが囚人と帳面の名を照らしあわせていく。大牢の牢名主ら数人が、脱出のどさくさに殴り殺されていたらしいが、焼死と処理されていた。どこかで「俺がやってやったぜ」と囁く声が聞こえ、周りの囚人が「よおやった」とねぎらいの声をかけていた。

忠次郎が戻っていないことに気づいたのは日が変わって、鍵役が「これより戻りしものは、微罪なれどすべて死罪」と触れ書きを読み上げたときだった。

晴れてよかった、と安堵すると同時に、忠次郎の姿が見えないことに落胆した。あいつのために鐘を撞いてやったようなものなのに。恩をあだで返しやがって。

（鐘をついたら、子が地獄……）

おかつの顔が浮かんだ。たった一日ともに過ごしただけだが、女房になってくれたら真っ当な暮らしを送れるのかと考えた。もしも子が生まれたら、おかつにそっくりな団子っ鼻にちがいない。

（ふん、わしは鐘を撞いちまった。そんな夢みたいな幸せは、溝《どぶ》に捨てちまったのさ）

ふと、十三童子はどこにいるのかと首を伸ばしたとき、棒を手にしたふたりの張番が、根太郎の名を呼んだ。

「お？　もう放免かい。なんとも景気がいいねえ」

調子よく声を上げるると、なぜか根太郎は張番に腕を取られ、その場にうつ伏せに押しつけられてしまった。どういうことかと足をばたつかせると、鍵役が根太郎の後頭部を摑み、顔をひねるように持ち上げた。

「紅屋の女中殺しの咎《とが》により、大番屋にて詮議をいたす。お前が殺したと申し出た者がおる」

縄尻を引っ張られ、材木町《ざいもくちょう》の三四の番屋に移された。罪を軽くしてもらうため、おかつとの約束を反故《ほご》にして出頭したのに、なぜ新たな罪状が。しかも忠次郎がやったと疑われている紅屋の女中殺しが、自分の身に降りかかっているのか。

大番屋へ着くと、すぐに仮牢へ入れられた。ほかにも調べを受ける咎人が牢へ押し込まれている。小伝馬の牢よりも密集して息苦しい。根太郎が、格子に顔をつけ書き役の男に自分はやってないと怒鳴ると、

「みいんなそういう。だが、たいてい、おめえらがやっている」

と、冷たくあしらわれた。

しばらくして、定廻《じょうまわ》り同心と岡っ引きの佐助《さすけ》親分が大番屋にやってきた。牢から引っ張り出

され、真ん中の柱に括《くく》りつけられた。

「佐助親分じゃねえか！　こいつは運がいい」

佐助は五十がらみの凄腕《すごうで》の親分で、この男に睨まれるとお店ひとつは潰れると恐れられていた。あらゆるお店の弱みを握っており、紅屋にも引合《ひきあい》をつけにきては、トンボのような眼をぎらつかせて店の粗《あら》を探していた。

根太郎が小さな盗みを繰り返しているのもすぐに知られたが、盗みを黙ってほしければ、店の帳面を見せろといわれ、何度か写しを渡していた。店を辞めてからは、昔のよしみで酒を呑ませてもらう仲になっていた。

佐助は白い鬢《びん》を小指の先で搔《か》きながら、根太郎の足元にしゃがみこんで首を傾《かし》げた。

「ずいぶんと物騒なことしてくれたなあ、根太郎」

「わしが人を殺めるなんてたいそうなことできるわけないって知っているだろう」

「けちなかっぱらいってのは、だんだんとタガが外れて、途方もねえ悪事を働くって相場がきまってんだ」

上《あ》がり框《がまち》に腰を下ろしていた定廻り同心が、「紅屋の秘密を知っておるか」と、覇気のない声で言った。

「ああ、例の御用金のことかい」

忠次郎から聞かされた、紅屋の秘密といったらそれである。書き役が、帳面にさらさらと筆を動かすのが目の端に入った。

「すでに店を辞めたお前がそれを知っているということは、御用金を盗もうとした女中と手を組んでいたということに相違ない」

頭がはたらくのに時を要した。あんぐりと開いた口から、笑いが漏れる。

「そりゃあ、忠公から……」

すっと障子戸が開き、初老のお店者《たなもの》が入ってきた。腰をかがめ「紅屋番頭の六兵衛にございます」と名乗った。続いて敷居《しきい》をまたいできたのは、すっきりとしたお仕着せに藍の前掛けをしめた忠次郎である。

「紅屋手代頭をつとめます忠次郎でございます」

目と口に牢名主らに殴られた傷は残っているが、月代《さかやき》も剃《そ》りお店風に髪も結われ垢もすっきり落ちている。いつの間に放免されたのか。

「忠公、旦那らに言っておくれよ。笑っちまうだろう、わしが女中を殺しただなんていいやがる」

忠次郎は根太郎に目も合わさず、同心の前に進み出た。

「牢内にて根太郎より罪の告白を耳にしたときは驚きましたが、このまま亡き女中の無念を晴らさずにおられるものかと思いました。解き放ちは、まさに好機でございました」

火事のあと紅屋に戻った忠次郎は、店の主人に、女中殺しが牢内で再会した根太郎の仕業だと知らせたという。

同心に向かってすらすらと述べる忠次郎に、六兵衛が言葉を継ぎ足す。

「前から紅屋の蔵に忍びこむ者がおりました。その風貌が根太郎にそっくりでしたが確信がもてず、そのうち女中が殺されてしまいました」

「あっしがもっと早く手を打っておれば、女が死ぬ前に根太郎をお縄にできた。おそらく女は盗賊の一味だったのだろう。そして根太郎もその賊の手下ってわけだ」

申しわけねえ、と佐助は六兵衛と忠次郎に頭を下げた。

「そんなのは全部嘘だ……。わしは何も知らねえよ！」

そう叫んでみたが、根太郎の言葉に耳を傾けてくれる者はいなかった。

同心は「送り」と短く告げた。牢内の縄付きの咎人が、床を拳でたたいて「地獄の一丁目行きだ」と囃《はや》したてた。


(忠次郎の濡《ぬ》れぎぬは晴れた。なのに、どうしてわしがその罪を負うことになった？)

紅屋の内情は、忠次郎が勝手に話したことだ。なぜ忠次郎はそう言ってくれなかった。

兄弟のように助け合った友なのに。

入牢証文が出るまで、大番屋では根太郎への追及が続いていた。どのように女を殺したか、同心のみならず吟味役与力まで出張ってきて問い詰められた。すでに牢へ送られることは決まっているが、それまでに罪状を固めたいのだろう。

「おい、根太郎。おめえに話したいってやつがきておる」

何日か経ち、縄尻を引っ張られ牢の外へ出ると、番屋の表口に忠次郎が立っていた。満面に笑みをうかべている。番屋の隅にある二畳ほどの板間に押し上げられると、忠次郎が番人に金を渡した。番人はふたりに背をむける。

「さすがの根太郎も、大番屋の窮屈さには閉口しておるようだな」

「忠公、てめえ、わしを嵌《は》めやがったな」

すべての罪を根太郎に押しつけるために、紅屋の御用金のありかを話したのだ。番頭と息の合った口ぶりをみるに、初めから根太郎が入牢していることを承知で、忠次郎が潜りこんできたのではないか。

「でかい声を出すな。私が一声あげれば、この番人は、お前さんが乱心したと断じて斬り殺す」

そのほうが都合はいいが、と忠次郎が笑った。

「なぜこんな仕打ちを受けるのかと面食らっているだろうな。だが、すべては根太郎自身の因業だ」

「なに？」

「物ぐさで仕事も満足にできねえ、お前がまいた種だ」

忠次郎は根太郎の顎を摑み、端整な顔をゆがませた。

「いつもお前の尻ぬぐいをしてきた。同じ年の初午に奉公に上がったお前を、弟のように思っていたからだ」

「…………」

「そりゃあみんながみんな賢いわけじゃねえ。へまをしたら店でどうにか穴埋めするくれえはできる。だが、命ってもんは一個っきりしかねえ」

「命……？」

「最後に店の金を手につけたとき、お前は私に言ったのさ。これっぽっちの金を盗んだところで、店が潰れるわけじゃねえ。ちょいと帳面に細工してくれたら、心を入れ替えて働くってな」

あのころ、根太郎は仕事の合間に通った居酒屋の付けがたまっていた。ちょうど忠次郎が回収した金に手を出したのは、忠次郎ならたやすく穴埋めができると思ったからだ。

いつも助け舟を出してくれる忠次郎は、根太郎にとって都合のいい友だったのだ。

「だが……あんときは、おめえは細工することなく、わしは店を追い出された」

佐助親分も不在で罪を認めざるを得なかったのだ。当時は忠次郎を恨みはしたが、結局はてめえのしくじりだと諦めがついたのだ。

「お前が店を出されたあと、私も金を誤魔化していないか、すべての帳面を調べられた。そんとき、おっかあの具合が悪くなり、危篤の知らせが入ったが、私は店を離れることができなかった」

忠次郎の手が震え、根太郎の頬に食いこむ力が強くなる。

「帳面を細工すりゃあいいって？　ほんのすこしだけなら、店は潰れねえ？　その腐れた性根のせいで、おっかあはひとりっきりで死んじまったんだ！　お前が真っ当に働いていりゃあ、私はおっかあの死に目に会えたのに！」

忠次郎は根太郎の頭を柱に叩きつけた。番人がちらと振り向いたが、咎めることはない。

「し、知らなかった。そんなことがあったなんて……」

「お前はいつもそうさ。面倒なことから目を逸《そ》らす。この世はなあ、面倒なことばっかりで仕上がっていくんだよ。それを蔑《ないがし》ろにしたお前が、この世を知った風に、生きていくことはたやすいだなんて笑いやがる。そんなこと許せるか！」

根太郎は、口が渇いて言い返すことができなかったが、どうしても確かめたいことがあった。

「女中を殺めたのは……忠次郎なのか！」

そんなわけあるかいと否定してほしかった。だが、忠次郎は根太郎の頭を摑んで顔をよせて、番人に聞こえぬように囁いたのである。

「あの女は、悪名高い三光鼠の一味だ」

三光鼠の一党を追い続ける佐助親分から、あの女中は一味が差し向けた引きこみ役だろうと知らされ、忠次郎が見張っていたという。

「盗賊なんぞに奪われるわけにはいかない。徳川安寧のため、紅屋のため。それが生涯御奉公して生きると決めた私の役目だ」

女中を殺したのは、御用金の存在を知られたからだ。当日店に残っていた忠次郎が、金を盗み出そうとする女中に気づき、もみ合いになり刺殺したという。店としては大事にしたくないが、女中が殺されたことを隠し通すこともできない。

「お前が三光鼠の一味だと佐助親分に耳打ちしてやったら、まんまと食いつきやがった」

都合よく入牢している根太郎に罪をかぶせてしまえば丸く収まる。忠次郎にとっては、長年の恨みも晴らせる。一石二鳥だったという。

同じ畳に押しこまれたのも、偶然ではない。前もって牢名主と牢内役人に金がわたっていたのだろう。

「火事にならずとも、吟味役与力のお調べで、お前が三光鼠の一味で、仲間割れから女を殺したと白状するつもりだった」

表戸が開き、定廻り同心と小者が入ってきた。小伝馬の仮小屋まで連れていくと告げられると、牢の中の罪人たちが一斉に床を蹴り「いってこい、いってこい」と囃し立てた。

「忠次郎、わしは心からおめえを友だと思っていたんだ」

「私はそう思ったことなど一度もない。同じ年に奉公にあがったことが運の尽きだった」

忠次郎は同心に深々と頭をさげると「どうぞ厳しいお裁きを」と言い残し、振り返ることなく番所を出ていった。

五

（雨だ。天から落ちてくるもんは、なんでもありがてえもんだ）

牢屋敷の表門を出ると、洋式の軍服姿の藩士が銃を構えて小伝馬町の道を往来している。足元の泥には、桜の花びらが踏みつぶされ、甘酸っぱさと雨の匂いが交じりあい立ちのぼっていた。

根太郎が牢に入っている二年の間に、徳川の世は終わり、明治などという年号に変わっていた。悪い冗談だと牢囚たちは笑っていたが、気づけば千代田《ちよだ》の城に主はおらず、上野《うえの》で旧幕府と官軍の熾烈《しれつ》な戦いも起こり、今は奥州に戦火が広がっているらしい。

どんぱちが起こっている間、ぬくぬくと牢にいた自分に安堵する。やはりこの世は寝てなんぼ。世情の混乱によって、根太郎の処分は後回しにされつづけ、二年近く放置されたのち、思い出したように「放免」を仰せつかったのである。罪状が定かではない囚人が御赦免となったらしい。

ジャン、と雨音の向こうから鈍い錫杖《しゃくじょう》の音が聞こえた。

壁に沿って歩いてくるのは、ひとりの修験者《しゅげんじゃ》である。根太郎が道をよけると、僧は錫杖を道につきながら足を止めた。雨に濡れた笠《かさ》を持ち上げた顔を見て、根太郎は「あっ」と声をあげた。

「おめえ、なんちゃら童子」

「十三でございます。櫛屋《くし》じゃございません。十三の童子でございます」

牢の解き放ち以来会ってはいなかった。あのまま逃げてよく無事だったなと感心すると、十三童子はおのれの頬に手をあて、

「なぜか私を捕まえようとするものは、怯えて逃げ帰ってしまうのです。そのうち世が混乱して忘れられたようでございますなあ」

「こんなめちゃくちゃな世だ。なにがあってもおかしくなかろうよ」

「たしかに、おかしな世になっちまったよねえ」

女の声がした。十三童子の背後に、蛇の目を手にした女が立っている。引っ詰めの丸髷《まるまげ》に、路《ろ》

考茶《こうちゃ》の小袖姿の丸顔の女が傘の下から顔を見せた。

「ようやく雨だよ、根太郎さん。ずいぶんと長く待たされたもんだ」

「おかつ！」

なぜここにおかつと十三童子が並んで立っているのか。

おかつは、囚人が御赦免になると触れ書きで知り、毎日ここに通って根太郎を待っていた。先刻、雨が降り出したところに十三童子が通りかかり、近くの木戸番小屋で蛇の目を借りてきてくれたのだと、おかつが言った。

おかつはねんねこ半纏《ばんてん》を着こんでいた。大きく盛りあがった背から、くぐもった幼子の泣き声が聞こえる。首を伸ばしてのぞき見ると、幼子が根太郎をじっと見つめ返した。小さな眼はなぜか左右大きさがちぐはぐで、鼻は小さく豆のようである。

「もしかして……わしの子かい」

「女の子だってのに、親の嫌なとこばっかり似ちまった」

おかつは根太郎が女中殺しで入牢したあと、しばらくして身ごもっていることに気がついた。同時に年季があけ、吉原を出て産みおとし、ひとりで赤子を育てる決心をしたという。父親が誰かなどどうでもよかった。根太郎の子だと信じて育てていたが、顔かたちがしっかりしてくると、まごうことなくあの日の子だと確信したのだった。

「あんたが解き放ちになった囚人だってのは、はなから知っていたよ」

切り見世に来る牢帰りの男には、たいてい背や尻に湿瘡《しっそう》があった。根太郎の尻にも、畳で擦れた傷があり、背にはキメ板で殴られた痕もくっきり残っていたのだ。

おかつは、根太郎が人を殺めたなどとうてい信じられなかった。

「だから紅屋を訪ねてみたんだ」

なぜ根太郎が咎人になってしまったのか知りたかったが、紅屋はすでに潰れていた。主一家は行方知れず。奉公人もすべて暇を取らされ、忠次郎の行方もわからないという。

(これで忠次郎に謝ることも、謝らせることもできなくなっちまった)

まるで浦島太郎だと笑いがこみ上げたが、十三童子を見てすぐに笑みが消えた。

おかつの背から泣き声が聞こえた。こんな小さな子を、親の身勝手で不幸にしてしまう。たとえ友だと信じた忠次郎を助けるためと言い訳をしても、結局は自分も解き放たれたかったのだ。

「すまねえ、おかつ。わしは無間の鐘を撞いたんだ」

「なんの話だい?」

根太郎は、十三童子と牢で交わした無間の鐘の約定を聞かせた。

「それを撞いた者の子が、この世で不幸せになっちまう。まさか、こんなかわいい子がわしにできるなんて思いもよらなかった」

根太郎は、十三童子に詰めよった。どうしたらこの地獄からはい出せるのだ。自分はいくらでも不幸を背負ってやる。いまさらひとつふたつそれが増えようと、大したことのない人生だ。だが、おかつと我が子だけは、どうか鐘の因業が届かないようにできないものか。

いつしか雨は止み、道のぬかるみに空の青白い光が映りこんでいた。十三童子は濡れた笠を指で摘まんで、青い空を見上げて言った。

「あなた、鐘は撞いておりませんよ」

「そんなこたあねえだろう。撞いたから火事が起こって、忠次郎もわしも牢から出られたんだ」

十三童子は小考すると、微笑を浮かべた。

「あれは、牢屋敷のそばの半鐘でございます。あなたが撞く直前に、火事を知らせる鐘が鳴り響いたのを、無間の鐘と勘違いしたのですな」

あなたは本当に撞いたのですか、とたずねられると、たしかに頭の中に鐘の音は鳴り響いたが、手に伝わる振動があったかは定かではない。

ふたりのやりとりをみていたおかつが、根太郎の腕にそっと手を置いた。根太郎はその手をぐっと握り返し、「よかった、よかった」とむせび泣く。ますますわけがわからないとおかつは首を傾げていた。

「出牢の祝いに、一服どうでございますか？」

十三童子が懐から銀の煙管を取り出した。奉行所内に保管されていたものを、江戸の町の混乱に乗じて取り戻したという。

「御一新がなければ、これを手にすることもかないませんでした」

十三童子はそう言って微笑《ほほえ》むと、おかつの背でぐずる赤子の頬を嬉《うれ》しそうにつついた。

根太郎はおかつと所帯をもったあと、すぐに忠次郎の行方を探しました。紅屋の近所の者によると、店を閉める直前に、紅屋の主人伊左衛門と忠次郎が、大八車とともに出ていったそうでございます。車を引く人足に「品川沖」と告げていたそうですが、その後の消息は途絶えてしまいました。

根太郎は、忠次郎に許しを請う機会を失いました。いいかげんな男でしたが、いつか忠次郎に会ったときすこしでも誇れるようにと、今は懸命に働いているようです。

彼は、ひとつ勘違いしていたことがあります。友を心底想《おも》いやれば、相手も同じ分の想いを返してくれるという思い込みです。

ですが、おそらく相手も同じなのです。なぜ私がこれほど大事に思っても、それだけの情を返してくれないのか、と。

そのすれ違いが運よく死ぬまで表立つことなく、穏便に過ごす者もおりましょう。素知らぬ顔で友のふりをし続ける者もいるかもしれません。それがまことの友かは疑問ですが、この世はそのような綱渡りの関係で上手《うま》く成り立っているのでしょうなあ。

私と寺男の関係は、はたしてどのような言葉でくくられるのでしょうか。

私が十七歳になった年、国司さまが村においでになりました。私たちは、その者から盗みを働こうとしましたが、運悪く従者に見つかり……寺男が死んでしまいました。

私はまことの友を、失ったのです。

それからでございますか？　なぜ私が無間の鐘を手に旅をしているか？　そもそも、無間の鐘など、本当にこの世にあるのか？

清吉さん、お待ちくださいな。そんなに矢継ぎ早に質問をされても、私の口はひとつですから順繰りにお答えしていきますよ。

ですが、どうも話に飽きたお方がおられるようですね。

しびれを切らした顎鬚《あごひげ》のかたが、物騒な匕首《あいくち》を手に私の背後に立っています。私を脅してまで鐘を撞こうというのでしょうか。でもそんなことなどせずとも、私は喜んで鐘を差し出しますよ。

そうでないなら、なにか私が知らなくてもよいことを知ってしまったのでしょうか。はて、これまでに私が承知したことといえば、あなた方の駒王丸が難破したこと。それはどうやらまだ海上にあり、戻りたがっていらっしゃる方がいること。その船内で怪我をした者がいたこと。そのお方はここにいないこと。

そして、三光鼠や紅屋という名に、お三方がひどく動揺すること、くらいでしょうか。

おお、かわいらしい猫さん、あなたはどこでその血を浴びたのですか？　怪我を負われた方は、いまはどうしているのでしょうか。

さて、そろそろ、みなさんが告白をする番でございます。

無《む》間《げん》の鐘

千石船《せんごくぶね》の帆柱、という言葉があるそうですね。

帆柱が長いことから、「気（木）が長い」ことを言うのだそうです。みなさんは、まさに「千石船の帆柱」でございますなあ。だって、私が話をしている間、じっと耳を傾けて、夜が明けるのを待ち続けています。

やはり、みなさんは荒波にもまれ船を動かしつづけた船乗りでございます。辛抱強く強靱《きょうじん》な体を持ち、くだらない欲など抱かぬ崇高な方々なのでございましょう。

でも三毛猫はじっとしていることに飽きたようで、私に何か言いたげでございます。人間同様腹が減ったのでしょう。

そろそろ、私の旅のはじまりをお話ししましょうか。たいして時はかかりません。水平線の向こうから日が昇り始めたようでございます。あれがまあるく姿を見せる前までに終わらせると致しましょう。そうしたら表へ出て、餌を探しに行きましょう。ね、猫さん。

私が心恕《しんじょ》と呼ばれていたころ、侍はまだ国司に隷属する武装の衆でしかありませんでした。ちょうど皇太弟《こうたいてい》の座を争う乱が起きたころで、藤原《ふじわら》なる氏族が隆盛をほしいままにした時分でございます。

冷泉《れいぜい》天皇が御譲位《ごじょうい》され、上皇となられた日に、私は遠州《えんしゅう》の観音寺《かんのんじ》の小僧として髪を落としました。住職は恕斎《じょさい》という徳のある方で、齢《よわい》はいくつかわからぬほど長く生きておられる方でした。私は俗名を心太《しんた》と申します。そこから一字とり、住職からも名をいただき、心恕と呼ばれるようになりました。

父の顔は知りません。母は若くして父と出会いましたが、身分が違いいっしょになることはございませんでした。母はたったひとりで私を産みおとしましたが、どうやら恕斎さまは私の父がどこの御仁か知っていたようでございます。母と私は慈悲深い恕斎さまの庇護《ひご》のもとで暮らしをたてておりましたが、私が七歳のときに母は病で亡くなりました。

恕斎さまは、身寄りのなくなった私を観音寺の小僧として引き取ってくださいました。私がほかの小僧とは違い厚遇だったことから、貴族の御落胤《ごらくいん》ではないかと申す者もおりました。この見目でございますから、僧たちがそのように勘繰っても仕方ありません。

ただ私は根が物ぐさでございました。日々の御勤めなど退屈きわまりなく、読経をしようにも頭の中がぼおっとして、集中できないのです。

やがて私は気の合った寺男と村で悪さをするようになりました。あの者の名はなんと申したか。友だと言いながら、おのれの物忘れのひどさに腹が立ちます。

素行の悪さゆえ寺でのお勤めから外された私が、寺男とともに無間《むげん》の鐘を撞《つ》くため村にやってきた信者や旅の者たちを、観音寺まで案内する役目を担うことになったというのは、前に申した通りでございます。

さて、ある高貴な御一行が村にやってまいりました。このあたりを治める国司だそうで、絢爛《けんらん》な駕籠《かご》に乗って村に入りましたので、宿は常に野次馬が取り囲んでおりました。

ふもとの村には、外とつながる道に勧請縄《かんじょうなわ》が張られています。それがいつからあるのか知りませんが、私が物心ついたころから、村の子は縄の外に出てはならないと大人たちから躾《しつ》けられていました。東の地ではあまり見かけませんが、上方などでは異界から悪霊が入らぬよう村の入り口などに張る大縄でございます。

それと同じものが、国司が身を休める宿にも掛けられました。なにを恐れていたのかわかりませんが、悪鬼から身を守ろうとしていたようです。

従者から国司の番を先にできないかと問われました。私たちは、それ相応の対価が必要だと申しました。それを聞いた国司は、「腐れ坊主が欲をかくな」と罵り、宋銭《そうせん》を数枚寄こしただけでございました。

ささやかではありますが私の中に、仏に仕えている矜持《きょうじ》がありました。村の者たちは、私がいくら悪さをしようと、仏の遣いであるとありがたがってくれましたし、それは私の中にある良心の灯《あか》りに火を灯《とも》し続けてくれていたのです。

フフ、たしかにそんなのは私の僻《ひが》みでございますね。

私たちは、腹いせに国司の荷を盗むことにしたのです。

国司一行を歓迎する村名主の饗宴《きょうえん》が宿で開かれました。私と寺男は従者らにも酒を振る舞い酔い潰したあと、国司の寝間に忍び入り、金目の物を盗みました。ところがそこに幼い婢女《はしため》を引きつれた国司が戻ってまいりました。まだあどけない少女でございます。ふと、私の脳裡《のうり》に母の顔が思い浮かびました。母が私を宿したのはまだ十三、四の娘時分でございます。もちろんおのれの意思で子をもうけたわけではありません。無頼な男に身を裂かれた末の悲劇でございます。母は私を見るたびに嫌悪の顔を向けてきました。私という存在は、父の欲によって生まれたおぞましい子なのですから仕方ありません。

少女の清らかな蕾《つぼみ》をひねりつぶそうとしている国司を目にしたとき、私の中に激しい憎悪が沸き上がりました。

私は刀掛けにあった太刀を手に取り、国司に刃を向けました。すると驚いたことに、娘が国司の体を羽交い絞めにし、私にとどめを刺すよう目で訴えてくるではありませんか。私は身動きのできなくなった国司の首をかっ斬りました。娘は血まみれになりながら、息絶えた国司を無言のまま睨《にら》んでおりました。

「心恕、お前はなんということをしてくれたのだ！」

寺男はおのれたちの罪を知る娘を生かしてはおけないと叫びました。そして懐に隠していた九寸五分で、娘を口封じに殺してしまったのです。そこに目を覚ました従者たちが戻ってまいりました。すかさず寺男は私を指さし、こう叫んだのでございます。

「盗みを働こうと忍びこんだ心恕が、国司さまと娘を殺《あや》めちまった！　わしは止めようとしたんだ！」

裏切りでした。まことの友だと思っていたのに。

私は怒りから寺男を斬り殺し、宿を逃げだしました。村の出口で従者に追いつかれましたが、暗闇の中では私に地の利がありました。勧請縄を切り道に這《は》わせ、足がもつれ転んだ従者にとどめを刺しました。村から逃げることもできましたが、私はひとりで生きる術を知りません。観音寺へ戻り、恕斎さまに助けを求めたのでございます。

恕斎和尚は血まみれで戻った私を目にして驚き、ふもとの村の惨状を知って愕然《がくぜん》としました。

「恕斎さま、どうか私に無間の鐘を撞かせてください。盗みを働く前に戻りやり直したいのです」

そう懇願しましたが、恕斎さまは時を戻すことは決して許されないとおっしゃいました。

さらに告げられた真実に、私は絶望を味わうことになったのです。

「国司殿はお前の父親じゃ。お前は親殺しとなった。鐘を撞かずして、すでに無間地獄《むげんじごく》へ堕《お》ちている」

母は国司の屋敷《やしき》で下女として奉公していたのです。

しかも、国司にとって私は唯一の男の子でした。いずれ都に連れ戻すことがあるかもしれない。素性が知られないよう面倒を見るよう恕斎さまは命じられ、寄進も多くいただいていたようでございます。

村には勧請縄が張られております。悪鬼が入らぬ村ならば私を呪いから守れると思ったのでしょう。

国司は譲位された冷泉上皇の縁続きにあたるそうでございます。私が寺に参ったときに囁《ささや》かれていた噂《うわさ》は、まるきり出鱈目《でたらめ》ではありませんでした。都では私という存在はなにやら大きな意味を持っているようでございます。常に呪いがかけられ、命を狙われる危うさを秘めておりました。

国司は村のどこかにいる私を探し出し、引き取るつもりだったのでしょう。

私は知らぬうちに親殺しをしていました。

しかも、村の勧請縄を切ったと知るや、恕斎さまはさらに災厄が降りかかると恐れたのでございます。あの縄は、地獄の亡者を押しとどめる結界の役割をしていました。

常に欲が集まる観音寺は、地獄に一番近い入り口でもありました。縄が切れたとなると、この世と地獄が入り交じり、秩序も天も地もない阿鼻叫喚《あびきょうかん》の世になるというのです。

「私はどうしたら許されますか？」

恕斎さまは私の問いに深く息をつかれました。唯一救われる道があるとおっしゃいます。

「真理をつかさどる十三仏の使者となり、欲を手に入れようとする業深き人間を、無間地獄へいざなう役目を負えば、いずれ心怨の魂は救われるだろう」

私は恕斎さまから、小さな無間の鐘を託されました。

地獄へ堕ちる者が増えれば、亡者が地上へ這い出る隙はありません。つまり、この世に戻ろうとする亡者を、新たな亡者で押し返して蓋をするわけです。無間地獄へ罪びとを落とし続けることが、その先どのような苦難を強いるものか深く考えず、私はすくわれる道を選んだのでございます。

やがて、恕斎さまは無間の鐘を井戸の奥深くに埋めてしまいました。勧請縄が切れてしまっては、この地で鐘を鳴らすのは危険だと判断したようでございます。先に申しましたが、鐘の音がうるさくてしかたないという思いもあったようでございますが。

旅の終わり?

それは、この世から欲がなくなるまでございます。

清吉さんのおっしゃる通り。なくなるわけがございません。今いるこの世こそが、私にとっては無間地獄なのでございます。

ほほお、清吉さんは面白いことをたずねられますね。

私がもしも鐘を撞くことができたら、なにを願うか?

さあ、どういたしましょう。この岬に吹き荒れる風にでも聞いてみるといたしましょうか。

一

廻船駒王丸《かいせんこまおうまる》が碇《いかり》を抜くと知らせを受けたとき、清吉は心底安堵《あんど》した。船が動かねばおまんまにありつけない。駒王丸の船乗りたちが品川に足止めをくって、すでにひと月が経過していた。

駒王丸は老朽化が進んだ船である。長い航海には耐えられないという船主と廻船問屋和泉屋《いずみや》の判断だった。

(それが蝦夷《えぞ》だって? 船が出るのはいいが沈没しちまったらおまんまどころじゃねえや)

品川の船宿に呼び出された水主《かこ》たちが、和泉屋の奉公人から聞かされたのは、蝦夷木古内《きこない》への客の移送という厄介な仕事だった。

「もちろん空船で運ぶわけではない。だが、何よりも客人を箱館《はこだて》まで運ぶことを第一とする」

「手当はあるのだろうな」

ひとりの水主が立ちあがった。髭《ひげ》に覆われた顔つきは地回りのようである。片表《かたおもて》（副航海長）の伊蔵《いぞう》だ。

「客を乗せるのはええ。だが、旧幕府の仕事で銭をもらえんというなら、わしらは船に乗ることはできん」

伊蔵は、新政府軍が艦隊を北上させている現状を懸念していた。途中で捕らえられる危険もある。蝦夷へ渡るのに、平常の手当では仕事はできないと声を荒らげた。

いいぞ伊蔵、と水主たちから声があがった。

昨年上野《うえの》戦争の直後、駒王丸は江戸から逃亡する旧幕府の兵たちを仙台《せんだい》や平潟《ひらかた》方面へ乗せ、さんざんな目にあっていた。船主が幕府びいきで、命を賭して船を出した水主たちに、一銭の手当も出さなかったのだ。

清吉は周りを見渡し、みなが床を足の裏で叩《たた》くのを見て、あわてて自分も床を手のひらで叩いて「その通りだ！」と叫んでみたが、言葉尻はしぼんでいった。

「わしらは船乗りだ。船主の依頼がありゃあ船を動かす。それだけじゃろう」

壁際に座っていた船頭の治平《じへい》が、おもむろに腰をあげた。

「なにを言う、お頭。こんな世だからこそ金次第じゃ」

これまで船頭に口答えする水主はいなかった。船の航行を完遂させるためには船頭の命は絶対である。みな治平と伊蔵のやりとりを固唾を呑《の》んで見守った。

「どれほど徳川《とくせん》さんに恩義あるか知らんが、わしら下々のもんにしてみりゃ、前の殿様にも今の天子様にも義理はねえ」

御一新からこちら、伊蔵が声高に世情を語り、水主の待遇について熱弁をふるうようになると、昔気質《むかしかたぎ》の治平に反発する水主が増えてしまった。

駒王丸には、奥州から出稼ぎに出てきた貧しい漁村出身の船乗りが多い。戦火が北上するにしたがって、明日の食《く》い扶持《ぶち》に不安を抱く者が多くなっていた。

信じられるのは金だけだという伊蔵の主張に、みんなが賛同していったのである。

「この仕事が終わったら、別の船に乗り換えるか」

そんな声があちこちで聞こえるようになってきた。

「大黒屋《だいこくや》が、西洋の商船を多く抱えて羽振りが良《い》いらしいぜ」

いずれは海を渡る船は蒸気船に代わっていくだろう。

世が急激に変化を遂げようとしている。これまで当たり前だったことがひっくり返り、刀ではなくミニエー銃が戦の勝敗を決め、アームストロング砲が上野の山をえぐった。清吉も彰義隊《しょうぎたい》に身を置いたが、あのまま山に籠もっていたら、黒く煤《すす》けた焼け野原で無残に殺されていただろう。

（風なんぞに身をゆだねる暮らしもおしまいということか……）

蒸気船は風に左右されないという。それは凄《すご》いことだが、風に揺られてのんびり航海することもなくなるとおもうと、清吉は言いようのない寂しさを感じてしまう。

生来辛抱が足りず、奉公先を長く勤めることができなかった清吉は、二年前いっしょになった女房に苦労ばかりさせている。一年前、娘も生まれたばかり。昔さんざん悪さをしたとき世話になった恩人に雇われ、今はこうして船乗りの仕事を得た。

どうにかこの仕事をやり切って、女房子どもに楽をさせてやりたい。

翌朝早くから、駒王丸へ荷物の積みこみがはじまった。酒樽《さかだる》や筵《むしろ》で覆われた積み荷、食料などを船倉に運び入れると、床板がギシギシと音を立てる。入りたての炊《かしき》見習いが、中年の炊頭に「あとひと樽運び入れたら、底が抜けて船が沈むぞ」と脅され、怯《おび》えながら食材を運んでいた。

清吉が甲板で荒縄を巻き上げていると、一匹の三毛猫がじゃれついてきた。船倉や烹炊所《ほうすいじょ》に出没する鼠《ねずみ》退治のため同乗させている猫だ。

「おめえ、しっかりと鼠を捕まえるんだぞ」

猫は顔を前足でこすりながら、清吉ににゃおと返事をした。

すべての荷が積み終わると、客を乗せた艀《はしけ》が船体に横付けされた。

木古内の旧幕府軍に合流する元御祐筆《ごゆうひつ》組頭加山何某《かやまなにがし》なる四十路《よそじ》の旗本と、それに随行する家臣が四名、蝦夷で商いをするという商人ふたり連れの、総勢七名の客が乗船した。

清吉は彼らの世話係でもある。船倉の空いた場所を居住区にして寝泊まりするよう客たちに指図していると、さっそく文句を言う者が現れた。

元旗本の加山が、なぜ町人と雑魚寝をしなければならないと憤慨し、船頭を呼んで来いと怒鳴りちらしたのだ。

御一新となっても、武家の居丈高な態度は変わらない。帰農・帰商する才覚も甲斐性《かいしょう》もなく、さりとて慶喜《よしのぶ》公が駿河《するが》へ謹慎させられても無禄《むろく》で付いていく覚悟もない。蝦夷へわたれば新たな武家の世を取り戻せると勘違いしているのだろう。

加山は船主など家格の高い乗客が寝起きする部屋をあてがわれた。水主たちは加山に悪態をついていたが、清吉が気になったのは、別のふたり連れだった。お店《たな》の旦那とその手代という風情だが、常に怯えあたりを警戒し、持ちこんだ唐櫃《からびつ》や長持《ながもち》を肌身離さずそばに置いている。ひとりが離れるときは、もう片方が荷物の番をした。

午《ひる》を回って、ようやく駒王丸は碇《いかり》を抜いた。

「帆をあげろお！」

治平の声に合わせて帆が柱に沿ってゆっくりと上がっていくと、船は静かに沖に向かって進みはじめた。帆桁《ほげた》がぎしぎしと音を立て、大きく膨らんだ帆に風が包まれていくと、清吉の胸はいよいよ船出だと高揚していく。

生暖かい風が船の舳先《へさき》から吹きつけた。航海長の善右衛門《ぜんえもん》が一段高い甲板に腰をおろして、ずっと先の海原を見つめている。性格は荒々しいが、仕事はごくまじめな伊蔵が、細やかに善右衛門を補佐していた。海と風が一体となるとき、些細《ささい》な人の諍《いさか》いは波間にもまれて消えていく。

しばらく風向きが落ち着かず、潮流に流されたり船が大きく軋《きし》んだりして、船内から加山の悲鳴が聞こえた。

「もっと揺らしてやれよ」

水主たちが笑いながら縄を巻いている。

陸《おか》が離れていくと、強い順風となり、駒王丸は快調に江戸を離れていった。

二

銚子《ちょうし》を過ぎたあたりから、気味の悪い悪天候に見舞われた。風下を抜け出すことができず、徐々に航路から離れていく。

舵《かじ》のある後方の甲板に仁王立ちになり空を見上げる治平は、減速して船首が波間の谷に突っ込まないよう舵取りを指示した。おちついた老齢の善右衛門が上手《うま》く風と波を読み、どうにか風の鼻先を捉えると、水主たちの懸命な働きもあり、もとの航路へ戻ることができたのである。

清吉は、船荷が崩れていないのを確かめるため、船倉へ下りた。ぐったりと船酔いで動けなくなった客たちを眺める。一年前は清吉も船に乗るたびに嘔吐《おうと》していたが、すっかり慣れてしまった。吐くなら海にしておくれと、客らに告げて回ると、手代風の男に次の寄港はどこかとたずねられた。

「那珂湊《なかみなと》さ。そこで積み荷を半分くれえ入れ替える」

「少しの間でも上陸することはできますか？」

「あまり時間がねえから、人はそのまんまだ」

どうやら男はかなり船酔いがひどいらしい。

「あんた、親指の先をぐっと噛《か》んでな。すこしは酔いが収まる」

つぎに上客室の様子を見に行くと、こちらも嘔吐物にまみれた加山が寝転んでいた。やはり次の寄港先で下船したいと叫んでいる。主人に寄り添う家臣のひとりが、東照大神君《とうしょうだいしんくん》のためにも、木古内へ行かねばならないと言い含めている。

加山自身は戦火に身を置きたくないが、家臣たちから家名のため一旗揚げねばならないと持ち上げられたようである。武家というものは、頭領が不在になっても死地すら選べないらしい。加山という中年の男が哀れに思えた。

一日遅れで那珂湊に入津した。荒物や木綿などを下ろし、干鰯《ほしか》や水樽を積みこんだ。急な出航だったせいか、通常の半分ほどの荷物しか扱わないことに、伊蔵と彼を慕う捨三《すてぞう》、辰次《たつじ》はあからさまに不満を口にした。

「これっぽっちの仕事で得られる手当なんぞたかが知れてる」

伊蔵が足元にじゃれつく三毛猫を蹴りつけながら、皮を剝ぐぞと怒鳴り散らしている。

「大黒屋は新政府の仕事を受けて異国まで航海に出るっちゅうじゃねえか」

「伊蔵が乗り換えるってんなら、わしらもついていくぜ」

捨三と辰次に言われた伊蔵は、そうさなあと顎髭《あごひげ》をなでながら清吉に顔を向けた。甲板の釘《くぎ》を打ちこみながら耳を傾けていた清吉は、とっさに目を逸《そ》らす。

「清吉、おめえはどうする」

伊蔵は世情に明るい。彼についていけば、この先も船乗りとして稼いでいけるかもしれない。

「俺は……まだどうするか決めていねえ」

腰抜けが、と伊蔵が薄く笑った。

「清吉、おめえ、この船に乗りこむ前は何をしていた」

「……いろいろだ」

「じゃあもっと稼がせてやる」

「どうやって？」

「そりゃあ、おめえの働き次第さ」

伊蔵が笑うと、捨三と辰次もにやりと口の端を歪《ゆが》めた。

「そういやあなあ伊蔵、おめえの目算通り、あのふたり連れの商人、ありゃあかなりの大金を運んでいる」

捨三が声をひそめた。

商人たちが持ちこんだ長持や蓋付きの櫃《ひつ》は、漆塗りに蒔絵《まきえ》や螺鈿《らでん》が施され、錺《かざり》もすばらしい。たしかにふたりは荷物の傍《そば》から離れない。

「何を運んでおるのか聞いたら、言葉をにごしよった」

「やつらも木古内へいくと言っていたな。旧幕府軍へ届ける軍資金の類《たぐ》いかもしれねえ。待っていた甲斐《かい》がある。ようやく運が向いてきたぜ」

伊蔵ら三人は額をつきあわせ、小声で話しはじめた。

甲板には、脱出用の伝馬船《てんません》が二艘《そう》積まれている。その一艘の底板が割れているのを見つけた清吉は、穴の開いた船底に板を嵌《は》めこんでいた。清吉はまだ船の操舵《そうだ》にはかかわれず、修繕や荷運びなど雑用を任されている。

しばらくして、伊蔵から舵柄《かじづか》の動きが悪いから油を差しておけと指図された。

「へえ、こっちが済んだらやっときます」

「そんなもんはあとでいい。油が先だ！」

人使いの荒い伊蔵に逆らえば、この先どれほど嫌がらせを受けるかわからない。清吉は道具を片づけ、急いで船尾に走っていった。舵柄の横では、治平と善右衛門が険しい顔つきで空を見ている。

「この先時化《しけ》が来そうじゃ。お頭、このまま那珂湊にとどまったほうがええかもしれんぞ」

「だが予定より船足が遅い。約束の期日までに蝦夷へ入れん」

清吉も空を見上げた。すっきりとした快晴で、波も穏やかである。

「この時期の北の海は荒れる。わしの経験から、あの空はあまりいい雲を運ばねえ」

清吉の目にはなにも見えないが、善右衛門には薄い帯のような雲が見えるらしい。

腕組みして熟考した治平は、ちらと舳先のほうでこちらを睨む若い水主らを見た。その中に、口をゆがめる伊蔵がいる。褌《ふんどし》姿に袖のない船羽織《ばおり》を着こんだ黒々とした肌は、若く脂がはじけるように日に照っていた。

「すぐに出航だ」

「いや、よしたほうがええ」

「決めるのは船頭のわしだ」

治平は、再度「碇をぬけ」と声を張り、にわかに出航の支度がはじまった。

油を差しおえ持ち場に戻ろうとした清吉は、善右衛門がまだ空を見上げているのに気がついた。

「善さん、伊蔵があっちで焦《じ》れてますぜ」

指差す舳先に、伊蔵がいら立ちを隠さず、善右衛門の指図を待っている。

「お頭もやきがまわった……」

「どういうことだい」

「妬《ねた》んでんだよ」

「お頭が？」

「伊蔵の若さに嫉妬しているんじゃ。もし今夜ここに留まると指示を出せば、腰抜けじゃと伊蔵らからさげすまれるからなあ」

善右衛門は、自分と同じ年かさの船頭の心情を思い、深く息をついた。

「いくらなんでも、お頭がそんな些末《さまつ》なことで、判断を誤るわけないでしょう」

きっと長年の勘と経験で、出航を決めたに違いない。むしろ、船頭はこうあってほしいものだ。優柔不断な頭が船を差配すれば航路をあやまり、水主らの命が危うくなる。

「ほら、ほかの船も港を離れていく」

白波の先頭には、駒王丸より一回り小さい弁財船《べざいせん》が行き来して、いずれかの港へ向かって出航していた。

三

清吉の仕事のひとつが、積み荷の見張りである。水主や客の中には手癖が悪く積み荷の中身を盗む輩《やから》がいる。下っ端の仕事だが、もちろん物がなくなれば清吉が責められるし、下手をすれば抜け荷の咎人《とがにん》として、お縄になるかもしれない。

駒王丸では、日に三度の見回りが新入りの役目となっていた。

おのずとそこに客人が乗っていれば、呼び止められて船の航路を聞かれたり、日数がかかっていると文句を言われる。

そして今も、

「おい、そこな下っ端」

船内へ下りてすぐの入り口に立ったとき、衣擦《きぬず》れの音がして清吉は足を止めた。振り返ると梯《はし》子《ご》の下で加山がうずくまり手で招いている。家臣はおらず、旅装に身を纏《まと》い、周囲を気にしている風だった。

「こりゃあ加山さま。また船酔いでごぜえますか」

「後生じゃ。頼みがある」

加山は清吉の手を取ると、一枚の小判を摑《つか》ませた。

「甲板に小舟があるだろう。あれで私を那珂湊まで送り届けてくれ」

「なぜそんなことを？」

「私は蝦夷なんぞ行きたくないのだ。家臣どもが勝手に徳川様に義理立てしておるだけ。どうしていまさら駿河に隠遁《いんとん》されたお方に命を捧《ささ》げねばならんのだ」

「そりゃあ難儀なこってすなあ」

武家の存念など清吉にはわからないが、清吉がいっとき身を置いた上野寛永寺《うえのかんえいじ》には、加山の家臣のような輩が多くいた。

一年前、清吉が口入屋《くちいれや》に出入りしていたとき、一両の手当につられて上野寛永寺へ身を投じた。だがすぐに命が惜しくなり、官軍が砲撃を始める前日に、上野の山から逃げ出したのだ。

長屋に戻ると、身重だった女房が産気づいていた。それからまるまる一日腹を痛めた女房は、アームストロング砲の音が江戸城下に鳴り響いたとき、娘を産みおとしたのだ。

息絶え絶えの女房から、お前さんこんなときに何日も家を空けどこへ行っていたとせめられた。上野へ引っ張り出されたと言うと「子が生まれようというときに、人を殺そうなんぞ侍じゃああるまいし。この大馬鹿者」と怒鳴られたのである。

あのときもらい損ねた一両が、手のひらに乗せられている。女房の言う通り、人を殺めて手に入れる一両よりも、くだらない男でも助けて得る一両のほうが後味が悪くない。

「次の寄港地でそっと逃げ出すというのはどうでしょう」

小舟を清吉ひとりで下ろすのは無理がある。次立ち寄るのは平潟だ。

加山はしばし熟考した。清吉の手から一両を奪い取ると、「上手くいったらくれてやる」と言いすて、甲板へ戻っていった。

船倉へ入ると、何も知らない加山の家来四人が新政府に悪態をついていた。話の端々《はしばし》に、軟弱な主を蔑む言葉も飛び交っている。

一方、お店のふたりは小声で囁きあっていたが、清吉が近づいた途端に口を閉じて、床に目をおとした。

初老の主人は櫃に手をかけ、清吉の動きをじっと目で追っている。清吉を盗人《ぬすっと》のように警戒することに腹が立ち、ひとこと文句をたれようとしたら、すっと手代が立ちあがった。殴られるかと身構えた清吉だが、手代は「先日は清吉どんに気を遣ってもらった」と頭を下げた。

「なんのことだい？」

「酔いを消す呪《まじな》いを教えてもらった。あれはよく効いたよ」

「そんなことかい。ありゃあただ気を紛らわすための悪あがきだ」

手代は清吉より少し年上だろうか。日の下で仕事をせず大福帳を繰って働いてきたとわかる肌の白さである。

清吉が帳面と荷の数を合わせはじめると、主人が小便をしてくると言って腰を上げた。小声で

「忠次郎《ちゅうじろう》、目を離すなよ」と告げるのがきこえた。忠次郎と呼ばれた手代は、はばかるように清吉に目をやり、小さくうなずいている。

ひと通り積み荷を確かめ、ちらと忠次郎が手を置く長持に目をやった。頑丈な鍵までついて、簡単には開けられないようになっている。

「大事なもんを運んでいるようだなあ」

「気を悪くさせたら申しわけない。私ひとりの供で、旦那様は不安に感じているのだろう」

悪気はないのだと、頭を下げる。

「どこの店者《たなもん》だい」

「主は日本橋紅屋伊左衛門《にほんばしべにやいざえもん》でございます」

「ほお、そりゃあたいそうなもんだい」

紅屋といえば大奥御用の化粧薬屋である。大名家や大店《おおだな》の娘が嫁入りするとき、ここで化粧や小物を買いそろえると、嫁の格が上がるといわれていた。

清吉が女房といっしょになる前、紅屋のおしろいを買ってやろうと意気込んで店に行ったが、場違いだと気づき退散したことがある。

「あっこは御一新と同時に暖簾《のれん》を下ろしたって話じゃねえか」

「へえ。私どもは徳川あっての商いでございました。主は我らの役目は終わったと見切りをつけたのでございます」

「もったいねえなあ。世が天子様のもんになろうが、化粧を買う女どもは掃いて捨てるほどいるだろうに」

「すでにそのような気力は私どもにはございません」

紅屋が江戸の商人として誇りをもって商売をしてきたのは、すべて千代田《ちよだ》の城に住まうお方々への忠義心からだったのだろう。

武家は徳川を見切り、商人は徳川を懐かしむ。なにも変わらぬは、金のない庶民ばかりだ。

伊左衛門が戻ってくると、忠次郎も用を足すと言って出ていった。

清吉も遅れて甲板に戻ると、船べりの垣立《かきたつ》にもたれた忠次郎が、群青の空を見上げていた。薄い雲が水平線のかなたに見えたが、近辺を行き来する船の白い帆は、くっきりと目視ができる。頭上に雲はなく快晴なままだった。

忠次郎は、清吉に気づきちらと顔を向けたが、すぐに海原に目を戻した。

「波を見ていたら、余計に酔いが回ってしまった」

「あんた、夜に外へ出たことがあるかい」

忠次郎は振り返りながら「ない」と言った。

「もったいねえなあ。薄暗い船底で荷物番なんぞするより、ここで寝っ転がって空を見ていたほうが旅が楽しくなるぜ」

夜なぞ陸で見上げるよりもまばゆい星が、四方から押し寄せるように瞬《またた》くのだ。

「いつから船に?」

「一年くれえだ。前はあんたと同じお店奉公をしておった」

清吉は二年前まで、小伝馬町《こでんまちょう》の太物屋で下男として奉公していたが、牢《ろう》屋敷の火事で店も焼けて職を失った。やがて江戸の町は官軍と旧幕府軍の戦場となり、新しい奉公先を見つけることが難しくなってしまった。

「遠回りしちまったが、いまはこの仕事が性に合っているとおもっている」

「清吉どん、たまに船倉のすみで居眠りしているだろう」

伊蔵らのしごきがきつくて、三毛猫を探すふりをして身を隠し休むことはある。根は怠け癖がぬけないと笑うと、忠次郎もつられて笑みを浮かべた。

「あんたは、私の古い友によお似ておる。お節介で人懐っこくてな。あいつも仕事をいっつも怠けておった」

忠次郎は懐かしそうに目を細めた。

気ばかり張っていてもしかたないだろうとぼやくと、忠次郎はたしかにとうなずいた。

「だが、そのあと、お前さんは人の倍立ち働いておる」

「よせやい。そんなつもりはねえよ。この世はいいことと悪いことが縄みてえに互い違いになっているっていうじゃねえか。いいことがありゃあ、悪いことが起こる。だから、俺はてめえで始末をつけているだけさ」

「なるほど。それはよい心がけだ」

妙に感心した様にうなずいた忠次郎だった。

「それでは、私もいつかおのれの犯した罪をこの身に受けねばならん」

「罪？」

日本橋一の大店の手代が何を言う。清吉が足を運んだ紅屋は江戸の豪奢《ごうしゃ》を集めた誰もが羨むお店だった。

「お前さんによく似た……友を、無実の罪で罠にはめてしまった」

「なんでまた？」

しばらく忠次郎は黙したまま波間を見つめていた。

「店のためだと言い訳をして、おのれの恨みを晴らそうとした」

「その、俺に似たやつはいまどうしているんだい」

「とうに打ち首になっただろう。あいつは私のことを友だと信じてくれていたのに。ほかにも許されない罪をいくつも……」

詳しく語ることはなかったが、忠次郎が何やら罪を犯して深く後悔していることだけは理解できた。

「あんたは十分罰を受けているんじゃねえか？」

清吉は白い顔の忠次郎に言った。

「こんなぼろ船に乗って蝦夷まで行くって？　そりゃあ拷問にちげえねえ」

清吉が難しいことを考えるのは苦手だと笑うと、忠次郎は目を見開き微《かす》かに口元をゆるめた。

清吉を呼ぶ伊蔵の声が甲板にひびいた。

舳先近くで待つ伊蔵のもとへ駆けていくと、いつまで荷検めに時間をかけているのだと頭を小突かれた。

「あの手代、荷のことを何か言っていたか？」

伊蔵は、船内に下りていく忠次郎を顎でしゃくった。伊蔵たちが紅屋の荷を気にしていたのを思いだす。

「いや、なにも。酔いがひどいとぼやいていただけだ」

「ふん、もし気になることがあったら、わしにすぐに知らせろ」

立ち去る伊蔵を、清吉は呼び止めた。

「もしかして、紅屋の荷に金が入っているってはなっから知っていたんですかい」

「なぜそんなことを聞く」

「…………」

「余計なことを詮索するんじゃねえ」

伊蔵は手を振って、もう行けと横柄に吐きすてた。

空を見ると、少しずつ厚い黒ずんだ雲がせり出し、駒王丸の上空に渦を巻きはじめていた。空気は重く、冷たい海風が甲板を撫《な》でていく。帆が大きくはためき、清吉は瞼《まぶた》の上がぴくぴくと疼《うず》くのを感じていた。

四

春の空は急変しやすい。激しい風波に巻きこまれた駒王丸は、平潟へ向かって船足を速めていた。急な雷雨となり、空は夕暮れのように暗くなった。陸に見える丘陵を左に見据えながら北上を続けたが、逆風となり船足が徐々に遅くなっていく。

治平が帆を下ろすように告げたとき、雷鳴がとどろき横風が轟音《ごうおん》を上げて吹き荒れた。

清吉は、下が浸水しているか見てこいと善右衛門に命じられた。縄を伝って船内へ降りると、加山の家臣と忠次郎たちが床に身を伏せて揺れに耐えていた。

「清吉どん、船は大丈夫かね」

忠次郎が震えながら顔をあげる。紅屋伊左衛門は、手をすり合わせて神仏に無事を祈っていた。

立つこともままならず、荷が崩れ落ちる。

「外に出ろ。押しつぶされるぞ」

清吉が叫ぶと、家臣はみな這いながら出口へ殺到した。長持の蓋が床におちたはずみで大きくゆがんだ。鍵が壊れ小判が散乱すると、伊左衛門が駆けより、それらを必死にかき集める。

「あんた、はやく逃げろ!」

「これを置いていくわけにゃあいかん」

伊左衛門が唐櫃を運び出すよう忠次郎に命じた。

「徳川様のご恩に報いねば」と伊左衛門は叫び続け、忠次郎と唐櫃を抱えて階段を上っていく。

清吉もふたりのあとを追った。

風雨はさらに強まり、甲板まで飛沫《しぶき》が巻き上がっている。

水主たちは柱や縄にしがみついていた。

浅瀬に船底が引っかかり舵が壊れたと善右衛門が叫ぶ。

「じゃあ、もうこの船は沈むのかい！」

炊見習いが泣きわめいていた。

「風が収まるまで船がもてば、伝馬船で脱出する」

治平が叫んだ。

波が押しよせ、船体に海水が流れこんでくる。みなすすべもなく、垣立にしがみつくことしかできなかった。すると舳先から「船が一艘なくなっているぞ！」と叫び声がした。

二艘あるはずの伝馬船が、一艘消えている。はっと清吉が垣立から身を乗り出してみると、うねる波間に伝馬船にしがみつく加山と、櫓《ろ》を操るふたりの水主の姿が見えたのである。加山にそそのかされて、小舟を下ろし駒王丸から脱出を図ったのだ。

「旦那様！」

家臣たちが涙を流しながら、離れていく主人に向かって叫び声をあげた。

どれほど時がたったのか。風は若干弱まっていたが、まだ雨は降り続いている。

水主たちはのろのろと身を起こしはじめた。駒王丸は左に大きく傾いて座礁していた。陸は見えるが、あたりは雨にけぶり、どのあたりに流されているか見当がつかない。

治平は残る一艘の伝馬船を下ろすよう指示を出した。だが、全員が乗り込むことはできない。

加山の家臣らが先を争うように伝馬船に駆け寄った。

「わしらは客じゃ。身分を鑑《かんが》みても、わしらが先に乗らねばならん」

四人の家臣は、鞘《さや》から白刃をぬくと治平に船を早く出せと命じた。水主たちが罵声を上げる。

伊蔵が水主たちに目配せした。屈強な男たちが一斉に家臣らにとびかかる。船上では船乗りに利があった。家臣らは立つのもやっとで、あっという間に刀を奪いとられると、自分たちの太刀で斬り捨てられてしまった。

伊蔵は甲板を見回した。この船を支配しているのは、船頭の治平ではなく若い伊蔵だった。

清吉は凄惨な光景から目を逸らした。頭では自分たちが助かるために仕方のないことだとわかっているのに、とんでもないことをしてしまった恐ろしさに、体の震えが止まらない。

忠次郎と伊左衛門も震えながら唐櫃にしがみついた。伊蔵が伊左衛門の鼻先に剣先を突きつける。

「やめろ、伊蔵、わしの船で殺生はゆるさん！」

治平が伊蔵に飛びかかる。伊蔵は躊躇《ちゅうちょ》なく船頭を袈裟懸《けさが》けにして斬り殺した。

近くにうずくまっていた猫と善右衛門に血しぶきがかかる。善右衛門が腰を抜かして悲鳴をあげた。

「いいか、おめえら。このことを黙っていれば、大金を山分けできる。もしも、あとになって役人どもに知られたら、みんな打ち首だぞ」

伊蔵が叫ぶと、どこからか「小舟に乗れる数はきまっている。しかたねえ」と声があがった。

みな目の前の小判に我を失っていると、清吉は思った。

「やめてくれ、この金は、紅屋がこれまで徳川様にご奉公してきた証《あかし》なのだ。それを奪われちゃあ、旦那様も私も、何のために生きてきたかわからないよ！」

忠次郎が悲痛な思いを伊蔵に訴えた。

「これを届けることで、旧幕軍と新政府両軍の兵士が多く死ぬ。それこそ救われねえんじゃねえか」

伊蔵の言い分も間違ってはいない。だが……。

「清吉、面倒なやつらは始末しろ」

伊蔵から太刀を渡された清吉は、とっさに太刀を投げ捨てた。

「だったら代わりに死ぬのはおめえだ」

捨三が太刀を拾って、清吉の手に握らせる。

忠次郎が後退《あとずさ》り、垣立に背をあて「助けてくれ、清吉どん」と顔をゆがませた。

継ぎはぎの着物を身に着けている女房と娘の顔が、清吉の脳裡に浮かんだ。一年前、上野の山から戻ったとき、怒りをあらわにしながらも涙を流してくれた女房と、多くの命が失われていく最中に、無事産声《うぶごえ》をあげ、元気に育つひとり娘。清吉が稼いで帰ってくるのを、じっと待ってくれている。ここで死ぬわけにはいかなかった。

清吉は海面をのぞきこんだ。背後から伊蔵たちの急《せ》かす声が聞こえる。

「すまねえなあ、紅屋さん、忠次郎さん」

伊左衛門は手を合わせて念仏を唱え続けている。主人の体を支える忠次郎はこわごわと波間に眼《め》をやり、唾を飲みこんだ。

伊蔵たちは右舷から伝馬船を下ろして乗りこみはじめた。

「おい、なにをごちゃごちゃ話している！　さっさとやらねえか！」

捨三が叫んだ。

清吉は、「すまん」と忠次郎に告げると、伊左衛門と忠次郎の目の前に剣先を向けた。ふたりは背後にひっくりかえり、荒れる海面に落ちていった。

小判の詰まった唐櫃はかなりの重量があり、伝馬船で運び出すことはできないようで、みな持てるだけの小判を褌の中や手に摑んでいた。

「伊蔵、残りの金はどうする」

「風が収まったら取りに戻る。完全に沈むことはなかろう」

清吉が戻ると、よくやったと、伊蔵から一両を渡された。

（人を殺して得る一両よりも……）

全員が乗り込むと、伝馬船は高い波に揺られながら陸へ進んでいった。やがて入り江にたどり着いたが、再び風が強まり身動きができなくなった。

　こうして生き延びた十二人は、岬の小屋に避難することになったのである。

五

蠟燭《ろうそく》の芯が燃え尽きた。溶けた蠟のなかでしばらく揺らいでいた炎は、やがて吸い込まれるように消えてしまった。あたりが闇に包まれると同時に、戸の隙間から光が差しこみ、小屋にいるみなの顔がうっすらと形を成していく。

「おや、嵐が過ぎ去ったようでございます」

　激しい波音は消え、屋根を穿《うが》つほどの雨も風も止《や》んでいた。

　十三童子が嵐を引き寄せ、罪深き船乗りたちをここに足止めしたのではないか。清吉は、言い知れぬ不気味さを覚えた。善右衛門の腕から抜け出した猫が、十三童子の足元にすり寄っていく。白い手で猫を抱き上げた童子は、衣擦れの音ひとつ起こさず立ちあがった。

「ようやく助けを呼ぶことができますね。すぐそこに漁村がございます。そこから近くの藩に助けを求めれば、江戸へ戻ることは叶《かな》いましょう」

　そうそう、と戸に手をかけて振り返る。

「座礁した船もしっかりと調べてもらったほうがよろしいのでは？　もしかしたら逃げ遅れた方がいらっしゃるかもしれませんし」

朝日が差しこみ、清吉は目を細めた。

やおら伊蔵と捨三、辰次が十三童子の周りに立ちふさがった。伊蔵が戸に手を押しつけ、表に出ようとするのを遮ると、ほかの水主たちも静かに立ち上がる。

「なんでございます?」

「おめえは、わしらの罪を知って脅しに来たんだな」

「え?」

「こざかしい。くだらねえ罪人どもがてめえの欲にさいなまれ悔いる姿を話して聞かせれば、わしらも悔い改めて罪を告白するとでも思ったか」

伊蔵は十三童子の細い首に指を食いこませた。戸に背をあて顔を歪める十三童子の両の手を、ふたりの手下が押さえつける。

「坊主め。どこぞの藩の目付か。それとも御公儀の狗《いぬ》の残党か」

「……鐘を託された者でございます」

「伊蔵、こいつはわしらが『三光鼠《さんこうねずみ》』の仲間だと知って潜りこんできたにちげえねえ」

捨三のことばに、小屋の男たちが息を止める。十三童子が語った船宿の娘が牢送りにした盗人が「三光鼠」と呼ばれる悪人だった。

「なんでおめえらがその名前を?」

善右衛門が震える声でたずねると、伊蔵が目を細め一同を見渡した。

「三光鼠は、お頭の作治《さくじ》が打ち首になったあと、手下たちが引き継いで名乗った通り名だ。今じゃわしが三光鼠の頭ってわけだ。坊主はそれを知っていて、わしらに近づいてきたんだろうよ」

辰次が童子の手首をねじり上げた。伊蔵は匕首《あいくち》を取り出し、清吉を脅して「坊主を表へつれていけ」と指図した。

「な、なぜ俺が?」

「おめえは紅屋のふたりを始末した。肝の据わったやつは嫌いじゃねえ。教えてやるよ。紅屋で死んだ女中ってのは、俺の情婦さ。紅屋が大金を抱えこんでいるのははなからわかっていた。探りをいれるため送りこんだが、店の連中に始末されたってわけだ」

伊蔵たち三光鼠は、御公儀から託されている御用金を狙う盗賊だったのだ。おそらく狙われたお店は、盗まれた金の出どころを公にできず、泣き寝入りをするしかなかったのだろう。紅屋も目をつけられ、伊蔵たちはいずれつながりのある和泉屋の船で金を運ぶことをみこして駒王丸に乗りこんでいたのだ。

清吉が十三童子を引きずり表へ出ると、崖に囲まれた漁師小屋の眼下には流木が折り重なり、海岸沿いの砂浜にも船の破片が流れ着いているのがみえた。

座礁した駒王丸が傾いたまま白波の中に浮いている。帆柱は根元から折れて海中に逆さになって突き刺さっていた。

「ほう、あれが駒王丸でございますか」

十三童子が目を細めた。

「遠目から見ても綺麗な装飾なのがわかります。垣立に施された錺は、どちらの職人の技かはわかりませんが、久兵衛《きゅうべえ》のように鍛錬し拵《こしら》えられた逸品なのでしょう」

確かに朝日に照らされる銀色の錺は、遠目にも美しく息がもれてしまう。

「ですが、みなさまの褌に押しこまれた小判は、あまりよい輝きではありません。たとえてみれば、血塗られ澱《よど》んでいるようでございます」

水主たちは目を伏せ、清吉も帯に手を当てた。

「黙れ、坊主！」

伊蔵が十三童子の背に匕首の剣先を突きつけた。そのまま足を進めれば崖下に落ちていく。もちろん童子の腕を摑む清吉も。吹き上げてくる飛沫を受け足がすくんだ。

「清吉さん、ご存じですか？　天の下にあるすべての事柄は、おのずと道が定められ変えることはできないのです」

深い碧《みどり》の瞳に見据えられ、清吉は身を固めた。

「人を愛するときも憎むときも、嘆くときも喜ぶときも、花が咲くときも枯れるときも。すべて定められた時があり、私たち人がどうこうすることはできないのです」

「仏やら神様のなすがままにしか、この世はできあがっていないっていうことかい。いや、そんなわけあるかい」

清吉は首を振った。

「俺はこれまでてめえで何をするか決めてきた。奉公先が長続きしなかったのも、上野の山に登ったのも下りたのも、女房といっしょになったのも、誰かに命じられてしたことじゃない」

「はたしてそうでしょうか？　誰かが鐘を撞いた結果なのかもしれませんよ」

波音が高く耳に響いた。頭の中をかき回すような、まるで鐘をかき鳴らすような轟音で不快だった。

いまここに自分がいることが、誰かの欲の結果だというのか？　笑いがこみ上げたが、それは波音にかき消された。

「あんたは、ほんとうに無間の鐘を持つ者なのか？」

「ずっとそう申しておりますが。まさか、清吉さんも信じていなかったのですか？　なんとまあ、残念なことでございます」

清吉がこれまで修験者の話に耳を傾けたのは、罪悪感から逃れるためだった。もっと世の中には強欲な者がいる。駒王丸の上で起こった惨劇など、月並みなことだと安心したかったのだ。

背後で伊蔵が笑った。

「だったら、その強欲な鐘を見せてみろ。お前が言う、地獄への入り口ってやつを」

十三童子が胸元に手を当てたのを、伊蔵は見逃さなかった。

伊蔵に命じられ、清吉は鈴懸《すずかけ》の袂《たもと》に手を入れた。ひやりと冷たい塊が指先に触れた。首筋から背にかけて皮膚の内側を熱いものが流れていく。

取り出した青銅色の小さな鐘は、清吉が想像していたよりも簡素な模様だった。

「これが……無間地獄の鐘」

撞けば富貴を手に入れる。だが、来世は無間地獄へ堕ちる欲の鐘。しかもおのれの血を引く子が今世で地獄に堕ちる強欲の鐘だ。

「はは、作り話のために鐘まで携えていやがる。とんだ講釈師だ」

清吉から鐘をうばった伊蔵は、匕首を捨三に手渡すと、自ら童子の鈴懸を探り、撞木《しゅもく》を手に取った。柄は握った者の垢《あか》と汗が染みこみ黒ずんでいる。

「伊蔵、それを撞けば船主にも一国一城の主《あるじ》にもなれるぜ」

捨三が身を乗り出すと、伊蔵は「おめえは阿呆《あほ》だな」と笑った。だが、伊蔵の眼は徐々に虚《うつ》ろになっていく。

「坊主、この無間の鐘のからくりはわかっている。鐘を撞く欲深い者が望むことを、寄進と引き換えに叶えてやっているのだろう」

「はて、どういうことでございますか?」

「富くじ、親殺し、ガキのわがまま、娘の岡惚《おかぼ》れ、脱獄。すべて人の手でどうにかできる願いごとだ。この坊主は役者のように名を継いでいるのさ。わしら三光鼠と同じだ。集団で説法して回っているのだ。おそらく役人どももつながっている」

すげえな伊蔵、と捨三が感嘆の声をあげた。伊蔵は十三童子を振り返らせて膝をつかせた。清吉は飛んで後退る。

「わしの願いは、お前がなにも語らず、そこから海に落ちて消えちまうことだ。そのあと、わしらは船から金を運び出してとんずらだ」

風が再び強くなり、しぶきが壁を伝って吹き上がる。

小屋から「はやくやっちまえ」と野次が飛んできた。みな、自分たちが嵐の夜にしでかした悪事をさらされるのを恐れているのだ。

伊蔵はみなに見えるよう鐘を掲げて見せると、撞木を振り上げた。

清吉の目に、朝日よりもまばゆい光が目にとどいた。駒王丸に装飾された錺に反射した光だった。

「やめろ、伊蔵。それを撞いたら取り返しのつかねえことになる!」

「馬鹿が。坊主の話を信じているのか!」

「それは正真正銘、地獄の鐘だ。俺にゃあわかる!」

みな、鐘の力だけで富や欲望を叶えたわけではない。鐘はその道へ進むきっかけにすぎないのだ。おのれの欲を通そうとすれば、犠牲になるのはその子であるのは当たり前ではないか。子に苦しみを与えてもいいという選択をした親に対して、子は失望するはずだ。それこそが、子にとっての今生の地獄なのだ。

父親の歪んだ欲望によって生まれた心恕は、無間地獄を生きながら、今生の地獄も生きる悲運の僧侶なのだ。

だが、伊蔵にはそれがわからない。すでに欲にがんじがらめになっていた。

「これは坊主への送り鐘だ」

鐘の音が響き渡った。想像していたよりも高い鐘音だ。もっと禍々《まがまが》しく、鬼の咆哮《ほうこう》のような音だと思っていた。

海鳥の鳴き声が聞こえた。十三童子は膝をついたまま、伊蔵を見上げて笑っている。

「こいつ、死なねえぞ」

辰次と捨三が童子の顔をのぞきこんだ。

「やはりな。つまり、鐘の力は大嘘《おおうそ》なのさ。ここでわしらがこいつを海に叩き落とせばいいのだ」

伊蔵はやおら童子に近づくと、首に手をかけた。ひっくり返った童子の鈴懸の袷《あわせ》から、銀色の煙管《キセル》が転がり落ちた。すかさず捨三が煙管を摑み取り、銹の龍を見やる。これは金になる、と呟《つぶや》いた途端、「熱い！」と叫んで投げ捨てた。

突如煙管から焔《ほのお》が吹き出したのだ。火は崖下から吹き上がる風にあおられ、さらに勢いを増していく。捨三の褌に燃え移り体を覆いつくすと、捨三は絶叫をあげて辰次に抱きついた。

「やめろ！」

辰次は火だるまの捨三に抱えられ、ふたりで崖から落ちていった。おぞましい光景を目にした清吉は腰を抜かした。小屋の水主たちも悲鳴をあげ、小屋から逃げだしていく。

やがて水主たちが立ち止まった。近くの漁村の男衆が、座礁した船を見つけて、岬へ駆けつけたのだ。しかし助けに来たわけではない。野袴《のばかま》姿の役人が先頭に立っている。そして彼らを引き連れてきたのは、海に落ちて死んだはずの忠次郎だった。

逃げ惑う水主が次々に漁村の男たちに押さえつけられていく。小屋に残っていた善右衛門も捕らえられ、清吉にも漁師が圧《お》し掛かり縄尻をかけられた。

「なんで生きている！」

伊蔵が忠次郎を見て叫んだ。清吉は、縄に括《くく》られながら声を絞り出した。

「あのとき波間に空《から》の伝馬船が流れ着いていた」

抜けがけした加山たちは海に落ちたようだった。あの船に上手く乗りうつることができれば命は助かると、清吉は忠次郎たちに甲板で囁いたのだ。

「清吉どんのおかげで、船の荷も取り戻せる。長い御奉公が無駄に終わらずにすむ」

忠次郎は漁師たちを押しのけ、清吉の縄をほどきながら、大粒の涙を流していた。

ふたりが生き延びれば、清吉も伊蔵の仲間として捕らえられるに違いない。小屋で夜を過ごすあいだは、生きた心地がしなかった。心の片隅で、忠次郎たちが死んでいてくれたらと願ったときもある。だが、罪は今生、自分自身が背負うべきもので、子に禍根を残してはならないのだ。

「清吉どんの雇い主の佐助《さすけ》親分にも文を出しておいた。『三光鼠の尻尾を捕らえた』と。数日でこちらに参るだろう」

「清吉、てめえ役人の手下だったのか！」

伊蔵が叫ぶ。

上野から逃げ出したあと、清吉は女房子どものために働き口を探した。そんなとき、昔厄介になった岡っ引きの佐助親分から、駒王丸にのりこんでいる伊蔵ら三人の盗賊を見張るよう頼まれたのだ。

「佐助親分は、世がどう変わっちまおうが、てめえら極悪人だけは野放しにできねえってよ」

佐助親分は、紅屋で死んだ女中の身辺を探り、伊蔵に行き当たったとのことだった。

「やっぱり汚え金《きたね》で買った着物を、女房と娘に着せられねえよ」

清吉は、伊蔵からもらった一両を忠次郎に手渡したが、

「これは清吉どんが持っていてくれ。助けてもらった礼だ」

主人も感謝していると、その一両を押し返された。

伊蔵は崖から逃げようとしたが、煙管の焔がさらに大きくなり逃げ場がない。伊蔵は十三童子の肩を摑むと、「道連れだ」と笑みを浮かべた。

すると、清吉の目の前を、黒い影が横切った。

「あっ！」

十三童子が、はじめて顔色を変えて声をあげた。

爪を立てうなり声をあげる三毛猫が伊蔵にとびかかったのである。やめろ、ともがく伊蔵と三毛猫は、そのままもつれ合い、崖から落ちていった。

いつのころからか、かならず私のために命を落とす者が現れるようになりました。戦場で敵兵に囲まれたとき盾になってくれた雑兵《ぞうひょう》がいました。川に流されたとき助けてくれた者が力尽き

死にました。野武士に襲われたとき、身を挺《てい》して救ってくれた尼がおりました。やがて私は気づいたのです。国司に手籠めにされそうになった、あの少女の生まれ変わった姿だったのでございます。

ええ、まるで無間地獄のように、娘もこの世をさまよっております。しかも、必ず私と共にあるのです。私に死はおとずれませんが、娘には必ず死があります。

清吉さんはあいかわらず勘が鋭い。

その娘も、国司の子だったのです。私が生まれた後で、村の片隅で生まれた卑賤《ひせん》な女の赤子がおりました。私の父は、血を分けた娘をそうとは知らず抱き伏せようとしたのでございます。

私たちも親子とは知らず、父親を殺してしまいました。

どちらが苦しいのでしょうか。生まれ変わるたびに兄の犠牲となり死ぬ運命にある娘と、出会うたびに妹が目の前で死んでいく私と。

はじめは、清吉さんだとおもいました。ああ、この若者が私のために命を落とすのか、と。心許した方が目の前で息絶える姿をみるのは辛《つろ》うございます。まさか猫とは思いもよりませんでした。また私のために尊い命が奪われてしまいました。祈りの時はまだ続きそうでございます。

そういえば、小屋であなたは私におっしゃいました。鐘を撞けたらどんなことを願うか、と。

「なにも知らなかった、子どものころに戻してくれ」

と、願います。

祈ることも泣くことも知らないころに戻りたいと、いつも考えています。

この世から欲がなくなれば、私と妹の旅は終わります。

何事にも時がある。ならば、いつか私たちにも終わりはくるかもしれませんが、今はまだその時ではないようでございます。

え？　そろそろ作り話はやめてほんとうのことを話したらどうかって？

おや、清吉さんも伊蔵らの言うように、私が「十三童子」という通り名で説法をするただの坊主だと思っているのですね。ここまで話をして、やはり信じられないとおっしゃるのですか。たしかに、人が何百年も生きるなんぞありえませんしね。

そのあたりは、清吉さんのご想像にお任せいたします。信じるも信じぬのも、すでに定まっていることでございますし。

ところで、これから清吉さんはどうなさるおつもりで？　新政府のお役人の下で働くのでございますか？

おや、あんがい船の仕事が性に合っていると。そうでございますね。廻船問屋大黒屋さんは生き残ることに執着のある血筋でございますし、この先も商売繁盛で安泰かもしれません。なんでしたら私がちょいと話をとおしましょうか？

願いを叶えるのはてめえでやるからよいと。さすが、清吉さんでございます。

私ですか？

もちろん、これからも旅は続けます。

鐘もほら、手元に戻ってまいりました。どうやって海から探し出したのか？

あなたたちが役人からお調べを受けている間、私は海岸を歩いておりました。

そこで貝を集める漁村の子に出会いました。その子が偶然打ち寄せる波の中に鐘があるのを見つけたのでございます。その子は、村の大人たちが無間の鐘のことを話していたのを聞いていました。

そして病で寝こんでいる母親がおり、薬を買いたいがお金がないのだと私に告白しました。だから、もしこの鐘が本物ならば、撞いて金をたくさん手に入れたいと。

鐘は波間に漂いながら、岩にぶつかりよい音色を立てておりました。

それに向かって、子はおっかさんを助けるためのお金がほしいと願ったのです。

私とその子は、じっと波間を見つめていましたが、どこからも金は湧いてはきません。やがて子は肩を落とし、貝をつめた袋をかかえて家に帰っていきました。

こうして鐘が私の手に戻ってきたのです。

そういえば、集めた貝の中に私の煙管が紛れてしまいました。いっしょに貝を拾っているうちにぽろりと落ちてしまったのでしょう。子は家に戻って煙管を見つけ、あの美しい錺細工に目をうばわれるでしょう。そして誰かが言うはずです。売ればけっこうな金になる。おっかさんの薬代をまかなえるくらいの金に、と。

その子は無間地獄へ？

いえいえ。だって、鐘は風と波が撞いたのでございますよ。ですからその子に鐘の因業は届きませんでした。

「親孝行の鐘」は「小説現代」二〇二三年六月号、「嘘の鐘」は二〇二三年十月号に掲載されたものを改稿しました。

その他は書き下ろしです。

高瀬乃一（たかせ・のいち）
1973年愛知県生まれ。名古屋女子大学短期大学部卒。2020年中編作品「をりをり　よみ耽り」で第100回オール讀物新人賞を受賞。2022年同作を改題加筆した『貸本屋おせん』で単行本デビュー。本作は、第12回日本歴史時代作家協会賞新人賞を受賞。そのほか第13回本屋が選ぶ時代小説大賞候補にも選出される。ダイナミックな筆致でこれからが期待される時代作家。

無間《むげん》の鐘《かね》

第一刷発行　二〇二四年三月二十五日

著者　高瀬《たかせ》乃《の》一《いち》

発行者　森田浩章

発行所　株式会社　講談社
〒112-8001東京都文京区音羽二―一二―二一
電話　出版　〇三―五三九五―三五〇五
販売　〇三―五三九五―五八一七
業務　〇三―五三九五―三六一五

本文データ制作　講談社デジタル製作

印刷所　株式会社ＫＰＳプロダクツ

製本所　株式会社若林製本工場

定価はカバーに表示してあります。

Printed in Japan　ISBN978-4-06-534880-2
N.D.C. 913　268p　20cm